十年颠沛
一顽童

王正方——著

北京出版集团公司
北京十月文艺出版社

离乱与顽童

读王正方先生回忆录

陈丹青

这本书的故事，与此岸青年有着两重深深的隔阂。

一重是时间的：今日大陆的八零后九零后是否知道，是否在乎，七十年前曾有数百万家庭从各省蜂拥逃离。

一重是地域的：除非你曾离去而归不得，不然，你难以想象身居台湾的中国人如何终生背着大陆的记忆。

携家带口，烽火流离……这是自古不辍的历史剧情，离我们最近的这一场，距今也近七十年了。本书作者王正方并不在当年撤离大陆的人群中，而是稍早随他担任文字普及工作的父亲，居家迁往台湾办教育——受老教育家魏建功之托，作者的父亲带一整套注音符号的铅字铜模子，去向对岸——但他幼年亲历了抗战流亡，又目击了内战尾端的大迁徙。

2009年前后，龙应台女士，王鼎钧先生，以漫长篇幅叙述那段历史的故实。大陆青年若是读到，会是感同身受吗？恐怕很难。许多经验是难以沟通的，而人对前辈与上代的记忆，不免淡膜，便是自家父母的故事，少年人也未必热衷。关切历史如龙应台女士曾在《大江大海1949》中诚实地写到：她小时候不但不爱听她父亲——亲历1937年南京撤守的国军军官——讲述当年的恶战，还出以厌烦的嘲笑。我所接触的此岸的将官子弟，亦多如是。这原是孩子的常态。比龙女士年长两轮的王鼎钧先生，则历历回顾了无数历史细节，以文学的说服力，再现我们几代人不可想象的民族灾祸。

而历史的亲历者，太多太多了，眼下，年届八十的王正方以一个老人对于往事，尤其是童年往事的惊人记忆，絮絮叨叨，事无巨细，写成这本书。

那代人的童年，接连两到三次迁徙与离乱，一次是抗战年代，一次是内战时期，紧接着再一次，是跟着国民党逾百万军政人员，败走台湾。在近年面世的回忆文字中，我们看见浩浩荡荡的南下人群中，有许许多多家属和孩子，将近半个多世纪后，是这些孩子将历史还给我们。

大诗人痖弦，当年是河南初中生，龙女士书中写下了1948年这位初中生上路逃亡的细节：清晨出发之际，痖弦的父母赶来递送干粮，哪个孩子乐意自家父母忽然出现在同学面前呢，痖弦遂将父母一把挡开，兴冲冲跟着队伍迈步上路了。

这一走，数十年，痖弦再没见到父母，被他推开的爹娘，又哪里知道就此与孩儿永别。2013年我见到了年逾八旬——正和如今王正方同龄——的痖弦，问起这一幕：是啊！痖弦坦然说道，随即抬起右臂，奋力向后划动，连续做了几个挡开父母的手势，朝我笑起来。他显然在无数次回忆中看到那一刻，当老来学着儿时的手势，他忽然变成孩了。

孩子的记忆，最真切。而历尽劫难，临老回忆仍像孩子般开心地叙述，正是本书作者的风格，可谓一绝。但凡有涉抗战以来的历史之书，大抵哀苦之声，然而奇哉！诚如书名所示，这本《十年颠沛一顽童》，通篇不闻悲叹，不露愤慨，不见苦相，从头到尾是孩子气的话语和心境。当他书写之际跌入全家人艰难悲酸的往事，他同时变回那个时时刻刻不肯安分的顽童，任是数不清的苦，道不尽的难，俱皆变为他活泼泼的调皮相，这实在是作者的天性了。

正方兄一口老京腔，三十六年前我们在纽约结识，当时他正有电影新作《北京故事》献映，自编，自导，自演，我接连看了三遍，感动极了。其时初出国，正为思乡所苦，我不但重温北京胡同，且着实改变了回看大陆的眼光：我从此知道了一个人远在彼岸、异域，会以怎样的心绪回到故园，知道了虽是同胞，而两岸的人生何其殊异而难以沟通。那年我刚满三十岁，因这部电影而提前预支了年迈后才会拥有的岁月之感：所谓“少小离家老大回”，有谁果真明白那是什么滋味吗？

我也在《北京故事》中初次领教了正方兄的男性风格。沧桑归来而调笑如昔，不落感伤。这样一种情怀，在上世纪八十年代初很少有人领会。这部电影出现得太早了，如今它被忽略、遗忘，可是此后我再没看到同一主题的华语电影能够拍得这等流畅动人。那是我出国后的第一堂历史课：啊，我们自以为熟知的北京、大陆，藏着许许多多我们根本不知道、不了解的人与事。

眼下正方兄居然已是八十老翁了吗？我们快有三十年不见了。当他电话邀请我为这本书写点什么，我立即听出是他，还有他那毫未改变的调皮。他怎样地调皮呢？在这调皮孩子的眼中，父祖辈的离乱生涯是怎样地艰辛而顽强？请诸位读这本书。

2018 年 7 月 30 日

目录

在鹅湖长大

远赴台湾

附录

1 在鹅湖长大

作者第一张照片
摄于1939年

克宁奶粉

我出生在湖南长沙湘雅医院，早产两个月，母亲四十二岁。在战火炽盛的岁月里，高龄产妇与纤弱婴儿都活下来了。哥哥比我大两岁又五个月。

小时候家中的谈话，多由声音洪亮的爸爸主导，他说：

“你母亲一直身体衰弱，又不得安宁地奔走逃难，在医院里剖腹生下了小方之后，恶性贫血，状况非常危险，一定要大量输血，打仗时期医院的血库根本没有存血了。幸亏我们俩的血型都是O型，医院当场给我做紧急输血，三百CC的血才保住了她的命。

“你生下来第四天，第三战区政治部下命令要我去带一个演剧工作团，领着三十几个团员在战地巡回演出。我实在很犹豫，但是你妈妈要我不用耽心，鼓励我去就任。然后长沙战事吃紧，你们必须逃到湘潭三角塘去。”

“小方刚满月，我带着两个小孩一路走到湘潭就别提多辛苦了。”通常妈妈在这时候接下去，“我们在你爸爸的同事老萧家住了大半年。”

“等我到三角塘去接你们，小方都九个月大了，”爸爸说，“呀巴呀巴的还挺能说的！那段日子多不容易啊！你妈妈平常就睡不好，病怏怏的——”

“我睡不好都是因为你打鼾的声音吓死人的，鼾声震天。”母亲平时讲话的语音还正，说起四个字的成语时，南昌官话的口音便露了馅儿。

“身体弱奶水不足，逃难的时候去哪里找奶妈？”父亲继续讲，“你饿得每天在那儿干号，怎么办？”

“从傅伯伯那里弄来一罐奶粉。”我在旁边接腔。这段小方如何从饿死边缘逃生的故事，大家听得熟悉，每一段都可以背出来。

“对，是一罐美国的克宁奶粉，抗战时期有美国奶粉可真叫稀罕哪！你妈每天冲奶粉喂你，还得省着点用，喝了三个月，没有那罐克宁奶粉的话你根本长不大。”

“喂了两个月又十八天，”母亲更正，“最后几次都淡到没什么白颜色了。”

“克宁奶粉的英文名字叫 Klim，它倒过来是什么字呢？”

“倒过来是 Milk。”我回答，“牛奶的英文。”“对啰！”

“逃难时候坐的汽车是烧煤气的，你们没见过吧！”晚饭后爸爸喝着一杯滚烫的浓茶，嘟起嘴来响亮地嘬一口，声音清脆，他说这是中国国粹，“煤气存在哪儿呢？车顶上有一只大口袋，煤气足的时候车顶上的口袋胀鼓鼓的，煤气快用完了，口袋就成了个难看瘪瘪的两张大布片子叠在一块，这时候男乘客都知道要下来推车了。一路上我们不知道推汽车推了有多少里，恐怕有三分之一的路程吧！上坡更非得我们来推不行，烧煤气的车根本没什么马力。

“有一次我们二三十个壮汉推车上山坡，好不容易到了山顶，大伙儿累坏了，正在擦汗喘气，司机就放开刹车一口气顺坡溜，车子开到山脚底下去了。我们这批傻瓜在后面又叫又追的，哪里追得上！”

“还好汽车在下面等着你们耶！”我替爸爸做脚注。

“他不等我们不行呀！大家的车钱还有一半没付给司机哩！在那个年月，汽车司机最有钱最神气了，很多漂亮小姐都想嫁给他们。我们那个司机还算好的，他同我们解释：汽车不能停在山顶上，目标太大，要是日本飞机过来，第一个就扫射汽车，全完了。”“爸，您再跟我们讲那个司机接漏油的事儿。”

“你们都记得抗战逃难的时候和我们一块搭汽车的罗妈吧。有一次司机把车停在山边休息，叫大家下车找地方解手。罗妈没下车，说在车上替大家看着行李。后来司机发现汽车后面在漏油，急得马上捧着双手去接。好嘛！当时的汽油比人命还值钱，接了一会儿油他觉得不大对劲，怎么闻着有尿骚味儿呢？原来罗妈在车上实在憋不住了，趁着没人她就在车上方便起来。”

“爸，还有我们在山沟里躲警报。”

“是啊！快到江西边界的时候，就听见远远有飞机引擎的声音，那时候中国没有空军，头顶上飞的只有日本鬼子的飞机。司机把车子停在路边大树下，吆喝大家下车找地方掩蔽。山里根本没有防空洞，比较安全的地方是山沟；大家都抱着头趴在沟里，大气不敢喘。鬼子的飞机有十来架，来来去去好几趟，远处听见好几次巨大的爆炸声，不知道又是哪个地方有人遭了殃。抗战时候中国人的命贱，随时随地就走一批，真叫作孽呀！”

“小方才几个月大，平时最爱哭，”母亲说，“几次躲警报，他都瞪着眼睛一声不吭，好像也懂得那是个大阵仗似的。”

“我们逃难不是还坐过船吗？”

“哎呀！我最怕坐船了，人挤人地抢着上，还要走那块从码头搭到船边的木板，抱着孩子摇摇晃晃的，我马上头昏腿软还想吐。上了船就晕，唉！那一段不记得是怎么熬过来的。”妈妈皱起眉头。

“坐船出人命的事最多。”爸爸说，“姜师长送姨太太去后方，派一名老实的勤务兵陪她。勤务兵先上了船，姨太太拿着手提包胆怯怯地走那条窄木板，勤务兵叫她先把手提包递过来，然后牵住她的手，牵着慢慢一步步地蹭着走。递过去的手提包很重，勤务兵估计里面至少有好几根金条，一时歹念起，顺手使劲推了姨太太一把，她失去平衡就掉进河里，江水那么急，立刻灭顶，一次都没浮上来过。兵荒马乱的个个急着上船，淹死个人，谁也不当回事，勤务兵逃走了。”

鹅湖乡下

我（左），哥哥（右）

独坐危墙上

数十年后，我找到了母亲的手稿，如获至宝。她写下当年那一段逃难到江西的经历：

这时南昌已陷落，衡阳到萍乡的铁路不通，浙赣路只有鹰潭段可以到上饶。现在只有绕道，由湘乡至安福、莲花、吉水至吉安，要徒步而行。有时能搭上便车，或雇独轮车代步，拖儿带幼其苦可知。有一次落店乡村，这不是饭店，它是间油盐杂货店，老板娘优待，让床铺给客人。这晚我因闻见那咸臭味终宵不能入睡。次早起来见次子正方的小手上，不知被什么虫咬了五十多个红点，真使我耽心了许久，怕是传染病毒。而榻边的茀青（父亲字茀青）

一直呼呼大睡到天亮。

到了鹰潭才搭上火车，来到上饶汪家园。这个村庄居民不多，因离县城较近，政治部驻节于此。骤然成为军政重地，人口增加若干倍，房屋自然不敷。先来的占住已感不足，等我们到来更无容身之地了。村中唯一留下的只有一座“社公庙”，那时无处安身，也只好暂时住下。一晚夜寒，次子被冻，全身冰冷，抱置怀中久久始暖。

有诗二首，云：

社公坛庙且容身，右是眠床左灶君，四面通风三面晒，号寒稚子夜惊魂。

斗室蜗居似楚囚，前邻猪圈后邻牛，深宵不寐踑踞坐，国难家愁事事忧。

我们互相戏称对方为“社公、社婆”。

政府迁都重庆，准备长期抗战。第三战区成立干部训练班，他被选为干训团政治教官，负责训练干员，教导士兵识字。我们在民国二十九年六月，迁居铅山县鹅湖乡的蔡家村。

鹅湖乡比汪家园大，居住没有问题。但孩子们的教育问题又来了。鹅湖乡虽大，可是地处穷乡僻壤，本地并无学校，即便有也不理想。许多同仁都为孩子的教育发愁。他是个热心公益的人，自告奋勇请求为同仁子弟设立学校，拣选在教育方面有经验的同人眷属任职，于是由我负责。使得许多失学儿童都能就学，甚至当地老百姓的孩子，也来就读，大家都感欣慰。

每逢纪念周日，他就过来讲话，讲一些军事情况、战地消息、国家观念、做人道理，亦庄亦谐深入浅出，那些孩子听得津津有味，对国家民族的认识、对敌人的仇恨，一一油然而生。

我生平的第一个记忆是在某冬天清早，穿着厚厚的冬衣，双脚离地很远，独自坐在一堵墙上，不停地哭。母亲站在操场中心，喊口令、吹哨子，指挥一群小学生跑步做早操。幼年的记忆断断续续，怎么就会记得这个独坐危墙的画面？因为后来有位学长一再提起它，便在我的记忆库中确立起来。学长说：

“每天我们做早操，你就坐在墙头上从头哭到尾，一脸的鼻涕眼泪，有时候天气冷，你的脸结起冻疮。大家解散了，曹老师才抱你进屋去，你从小就是个爱哭鬼。”

母亲是人人尊敬的曹老师，小学校长，清早带着全校同学晨跑、做早操。抗战初期刚会走路的我没人管，就把我放在操场边一堵不算矮的破墙上坐着，怕摔下来不敢动，也只能在那儿号哭。哥哥告诉我，我还不会走路的时候，平常在家里也经常被放在一张高椅子上坐着，不准下来乱跑，便嗷嗷不停地哭，实在烦人。母亲的工作很忙，有时过来指着我说：“住口！”那时哥哥年纪小，听不懂什么叫作住口，以为是“漱口”，他一直纳闷正在哭的小孩需要漱口吗？

母亲是江西新建港口村望族后裔，港口曹家在乾隆年间有六人前后中了进士，两位官拜尚书，誉之为“一朝六进士、五里两尚书”，世代书香传家。妈妈的学历辉煌：南昌女子师范学校、北京高等女子师范学院；民国初年，女大学生非常少，能够读到的最高学府，就是北京女高师了。

妈妈告诉我们的故事：“我和妹妹准备好一起去南昌上女子师范，先给你外公磕头辞行，你外婆在一边说，她们要去城里读学堂了，你给她们取个学名吧！从前的女孩子都没有正式名字的。

你外公抽着水烟，喷了口烟想都没想就说：一个叫曹方一个叫曹文。名字简单有气魄，读起来铿锵，其实他老早就想好了。”妈妈是正牌的“方官”，我这个后到的不肖子孙，承蒙祖恩，名叫小方也顺理成章。

另一桩儿时记忆回来了：我们住在一间废弃的破庙里，破庙的院子很大，但是我不喜欢去院子里玩，因为院子里的马粪臭味很重，围墙上画满了一个个大小圆圈组成的靶标，这儿曾经有部队驻扎过。

一家农舍离我们不远，可以听到他们家的大公鸡，每天清早准时啼叫。根据哥哥的回忆，那家农舍经常杀猪，把一头大肥猪的两只后脚捆起来，将它倒吊在一根大树干上，然后一刀刀地屠宰，过程长，有好几个钟头。逐渐丧失性命的肥猪在那儿嚎叫不止，开始时的惨叫声响亮而凄厉，慢慢地哀号越来越弱。哥哥有一次跑到老乡家的院子里看杀猪，回来说吊在那里的猪好惨，浑身是血。后来他经常做同样的梦：一头满身沾了血渍的大公猪，在身后狂吼追赶着他，每次都是快要追到他的时候，幸好及时醒了过来。

哥哥对那段日子的记忆丰富，他还记得：当年子弟小学的校舍是兵工团派人来盖的，有一天突然听见一声巨响，刚盖起的那一片房子，一声巨响全垮下来，吓坏人的。大概是因为兵工团的士兵，本来就不大会盖房子。后来才建起几间教室、简单的宿舍，还有个升旗台等。穷乡僻壤人才难觅，校长曹老师里里外外一把抓，学校里还有那几位老师，年代久远实在无法想起谁是谁来了。

偏偏却记得两位工友的名姓：一个叫皮世昌，另外一个是李得明，父亲说他们都是当地纯朴憨厚的穷人家子弟。皮世昌长得傻大黑粗，在厨房工作，不时地出点状况，某次他把最大的水缸打破了。李得明不太会看钟表上的时间，要他摇上下课的铃铛，掌握课堂作息，小李经常出错。父亲随口编了两句顺口溜："皮世昌打破缸、李得明乱摇铃"，到现在我们都还记得。

爸爸对语言的运用有独到之处，随口就能说出成腔成调、押韵上口的句子来。我们兄弟俩精力充沛满屋子跑，他会开心地来一句："欢蹦乱跳瞎胡闹，上海买不到"；遇上哥儿俩吵架，他说："哥哥弟弟要和和气气"，通常我们还在纠缠不清，他又说："这是哪儿跟哪儿呀，蓝裤衩儿呀！别闹了。"

绕口令更如家常便饭，顷刻就来上一句："大花碗底下扣着大欢活蛤蟆""长虫围着砖堆转，转完了砖堆钻砖堆"；歇后语更是他的特长。劝勉年轻朋友要勇于表达，在节骨眼子上不能像"王小过年，没话（画）"。[1] 有次去找朋友，事先没联系好，人家锁门恭候，他回来两手一摊说："我成了屎壳郎碰上个拉稀的，白跑一趟。"[2] 有人爱抱怨，他说："别像苍蝇坐月子，怀着一肚子的蛆（屈）呀！"

小时候父亲同我们讲很多故事，有历史上的逸事、趣事，等等。他认为中国的历史太多帝王的起居注，渊源来自集权统治；古代皇帝唯我独尊，前呼后拥的，一举一动都要列入记载。那还不过瘾，平时又有个官员或太监负责"赞礼"，皇上每做一件事，那位赞礼人就得大声地喊出来，譬如：起驾、上朝、更衣、用膳……万岁爷小解将毕，太监估计时间差不多了，就喊着："甩！"有

---

① "王小"在北方语言中是个典型的贫穷弱势人物，过年的时候，家中连一幅年画也没有。此处取"话"与"画"的谐音。

② 华北地区有"屎壳郎"昆虫，以动物粪便为食，经常大批出动，将粪便滚成球状，一一搬回去。若遇到泻肚的，还滚什么屎球呢？便白跑一趟一无所获了。

提醒的意思。

老爸毕业自北京师范大学国文系后，在中华大辞典编纂处当编辑，瞒着爷爷偷偷去广州加入国民革命军北伐，任军团司令部文书官，经历过龙潭战役。他多次讲起龙潭之战决定性的那一夜，军阀孙传芳出其不意挥兵攻打驻扎在南京附近的革命军第一军团，北伐军寡不敌众战况不利。他们在军团司令部接电话、发电报，焦躁地等候前线传来的消息。爸爸说：“整个晚上就在听电话里司令官李宗仁用西南官话喊：‘押配（压迫）、押配，继续押配！’结果孙传芳的部队压迫过来了，司令部急忙撤守，要不是白崇禧的部队及时赶到支持，那天晚上大家都要去阎罗王的殿下报到啰！”

老实讲，听老爸讲这段北伐军反败为胜的故事，哥儿俩都觉得挺失望的；怎么没有枪林弹雨、冲锋杀敌的场景，只有一群人在司令部里接电话、发电报？

爸爸是我们的打虎武松

父亲是部队里的文官，从没有真正使用过刀枪，也不懂指挥作战。抗战军兴，他第二次投笔从戎，担任抗日第三战区中校教官，负责赣东地区的士兵教育、抗日宣传工作。爸爸经常不在家，那时候我们年纪太小，不知道他每天忙什么，但是最喜欢听他讲翻山越岭打毒蛇、听见老虎在不远处吼叫的故事。

父亲在东南战区的某广播电台，每周都有节目。到底是什么节目我们一直也没听到过，因为学校里没有收音机，收音机是高级设备，重要机构才能配到一台。抗战时期的通信设备简陋原始，人力发电，以踩脚踏车的方式驱动发电机；广播电台设在近郊的一座山顶上，在山上架起天线来，让讯息远传。上广播节目就得到山顶去做现场直播，山路不好走，有些地方根本就没有路，遇上天雨路滑，一不小心就会连滚带爬地摔下山去。

年逾四十的爸爸，开始发福，胖墩墩的攀登山路有点吃力。有一次他独自去广播电台，到半夜才回到家，进得门来他一身的泥泞、脸部身上都有伤痕。傍晚的雨势大，山路看不清楚，顺坡滚着滑下来好几次。草丛间处处有蛇来回窜走，他被一条尺来长的蛇咬到小腿。卷起裤腿来，一片红肿，伤口的血凝固成一大块，希望那不是条毒蛇。第二天清早，听见爸爸用二百五的江西话和老乡大声讲话，然后开心地向大家宣布："刚才给老乡看了伤口，他说伤口不发青发黑就不是毒蛇咬的，我没事。"

母亲写过一段：

有一次是旧历除夕，广播完毕很晚了，勤务兵提着灯笼，两人上路回家。乡间道路本不易走，加上天寒地冻，月黑风高，泥土石块，高低不平，途中必须经过一处乱葬岗。他们就在里面转来转去找不到出路，直到晨鸡三唱，天色渐明，才认出道路，回到学校天已大亮。勤务兵说：教官，您胆子真大，我都吓得心里扑通扑通地跳呢！您还在有说有笑的。他笑着说：人不要怕鬼，鬼才怕人呢，因为人有正气。

朋友送他一根结实的竹杖，三尺长、有小臂粗细，杖头自然的作弯曲状如蛇头；杖尾以铜圈子套住，用它来驱蛇打蛇很顺手，成为他日后登山的必备工具。那位朋友在上面刻写了一首诗，现在只记得全诗中的一句："挥杖横扫五千军"。确实很符合爸爸当年意气风发的那股子气势，记得有一次他说到慷慨激昂处，当着满堂的学生，举起竹杖高呼："我就要用这根棍子，痛打那批既不见仁又不见智的混账糊涂虫！"

有 回他差点撞上山中母老虎。这故事也听过许多遍了，有一次我提出疑问："爸，你们只听见老虎在后面叫，又没见到它，怎么就知道那是头母老虎？"

"哈！这你就不懂了，"爸爸又从头讲起，"那天太阳下山得晚，凉凉的，我一路哼着梆子腔，乘着风下山一点儿都不累。走在前面的勤务兵突然紧张地说，我闻到气味！有气味，什么气味？老——老虎！哪儿来的老虎，我没看到呀？高处的一堆树丛，枝叶微微浮动着，我朝着那个方向高声念京戏道白：‘那边厢又是何方神圣，来将通名呃！’一会儿，传回来的是一阵低沉的虎吼声，吓坏人了，我们拼命跑，身后的虎吼连续不断，幸好越来越远，它没追上来。老虎的吼声最特别，频率低但厚重有力，传得远，震得人心乱颤悠，直哆嗦。

“后来当地老乡说，那次肯定是吵到带虎崽子的母老虎了，做母亲的嫌我们讨厌，就吼了几声赶人。老虎吃人会先躲在树丛里一声不响地等着，突然蹿出来攻击，那就逃不掉了。”

“爸，要是真的老虎跳出来咬你，你就用手枪打死它？”“大概不行，爸爸不太会玩那个玩意儿。”“那就同武松一样，拿棍子、拳头去把它打死。”“恐怕也不行，我没有武二爷的一身好武艺。爸爸只会说山东铁板快书，武松过景阳岗那一段儿。”“好耶！爸再说一次武松打虎吧！”

老爸拿起一根筷子敲打茶儿，那是快书的鼓点子，嘴中发出“哐七里哐、哐七里哐、哐七里哐起里哐”的声音，那是伴奏，再以纯正的山东鲁西口音开讲：

“上台来一概的闲谈不交代，俺这里就拉开了当年的书半章，前一回表的是文武滑稽潮流笑谈第五才子的《水浒传》，咱们还有两段儿紧接上。论听来单讲哪一个？回门来就表武松武天罡。话说那武二爷喝了十八碗上好的酒，趔趔趄趄上了景阳岗，凉风一吹……”

“十点多了，都给我睡觉去，”母亲打断这一场，“小孩子明天不用上学的吗？”

母亲
摄于1925

全家福，鹅湖
父亲手中拄的是那支“挥杖横扫五千军”手杖

用心听就学得好

母亲是位严厉的老师，这一点我最清楚。生平头一次坐在教室里上课，刚过五岁，就跟着小学一年级的同学上课。并非我的资质太优秀，是因为家里没人带这个皮孩子，干脆就放在课堂上课好了。讲台上的老师是我妈，她要求每位小朋友坐得正、腰板挺直了、抬起头来、收紧下巴、双手背在身后、两眼看着老师、要注意听老师讲的每一句话。能叫几十名“小猴子”安静下来，老师必须不时地问个问题，下面就齐声响亮地回答。这样子挺着个劲儿上课，不到十分钟就累了，但是听课时注意力集中，学习效率就高。

“小方平时一点儿也不用功，考试还考得不错。”有一次妈妈给我下了评语，“是因为他上课时候好注意地在听。”

在那个古老物资贫乏的年代，铅笔、橡皮、书籍、纸张、粉笔都非常少，课堂上大家共享一本课本。教育儿童多以“听闻”方式为主，上课必须用心听老师讲，不能漏掉一句，因为下课之后就没有书本可供复习了。老师大声重复地讲，孩子们用心听，记下来。

也有几本儿童读物，是二十世纪三十年代上海良友出版社出的书，存放在子弟小学的阅览室内，大家看得熟透了。记得有本书叫《十稀奇》，讲十件世间的稀奇古怪事情，每页都有全版彩色图画，一稀奇：一座宝塔贼偷去，上面画了一名穿黑衣服、蒙黑眼罩的人，贼头贼脑的扛着巨型宝塔下山；二稀奇：蚱蜢吃了只大公鸡……四稀奇：四只狗爪长出来的是黄牛蹄……年代久远，其他的“稀奇”实在记不起来了。

在家里背诵唐诗是固定功课，只有一本破旧的《唐诗三百首》，小孩子不准碰，母亲念一句，就跟着重复一句，每首诗来回念它几遍差不多就能背下来。懂不懂意思？大人不做讲解，自己也不会问这种问题，能朗朗上口，押韵好听，你还要怎样呢？“床前明月光——”当然懂，还会随机改词儿；洗完澡在床前等着换衣服，我说：“现在我是床前脱光光，嘻嘻嘻！”被妈妈训斥：“胡说！”但是她好像在偷笑。

自己也会胡乱解意。“独坐幽篁里，弹琴复长啸——”幽篁怎么写是啥意思，还没人教过。某次我在一片柚子树底下发傻，看到许多只柚子都发黄了，就悟到王维的意思：幽篁就是柚黄，他大概是独自坐在开始发黄的柚子树下弹琴唱歌吧！

在“闻音生义”方面，我也屡有创意。傅伯母来家里同母亲聊天，我靠在一旁静听，傅伯母身体弱，脸色不好，她抱怨有长期失眠的毛病，偏僻的农村，又去哪里找医生，就这么拖着吧！休息不好真痛苦。傅伯母走了以后，我低声问母亲：“她也跟我一样，晚上有尿床的毛病？”“小孩子都在乱说些什么呀！”“刚才傅伯母不是说每天晚上都会‘湿棉’吗？那就是憋不住尿，小便在被窝里，把棉花尿湿了呀！”

母子仨在鹅湖，母亲把我当女儿养

学唱戏·我乖了嘛！

部队有个京剧团，他们偶尔会在附近空地上演出，那可是一桩大事，全校师生职员都结队去看戏。临时搭起来的戏台子，台前的场子上挤满了人，来自四面八方的老乡们坐在自己带来的小板凳上，仰着头、张开嘴，看戏看得入神。通常是从下午演到晚上，晚间的舞台点了许多灯笼，老远就看到它光芒四射的十分抢眼。

我最喜欢的戏是《白水滩》：武生十一郎穿紧身衣靠，着一双薄底快靴，手持银色长棍，另外一人名青面虎，他大概是个土匪。十一郎用手铐拴住了青面虎，两人在舞台上你进我退地扭打，一下子翻筋斗、就地打滚。后来十一郎单独在空阔的舞台上随着锣鼓点子耍银棍子；但见他越耍越快，银棍在手中转圆圈，转到头部、腰部、背着手也能转它，而且速度步步加快；舞台上的灯火照下来，银棍变成旋转成片的灿烂银光片，在那位武将的身前身后上下颤抖蹿跃着；锣鼓点子声声急促，突然小鼓清脆地敲打几下，锣鼓齐鸣后，戛然而止，十一郎以弓箭步在台前扭过头来潇洒地收式、亮相，真叫帅呀！台下的叫好声震得我耳朵发痒。

之后我们兄弟二人就不断地演起《白水滩》来，追追打打的没完没了。可是每次我都得演青面虎，是个挨打的角色。我简直爱死了那套耍银棍子的绝活儿了，拣了根还算直、有我半个人高的树枝，一个人得空就在院子里又耍又转它，嘴中滴滴答答的胡乱敲起锣鼓点子。多数是转它两圈就掉在地上，玩这套功夫没有师傅教恐怕不行。有一次忘其所以地在屋子里也耍了两下子，树枝敲中一只杯子，但没敲碎，被母亲臭骂着轰出房门去。

父亲开导我们："京戏讲究唱、做、念、打，打只是其中的一部分。你们小孩子跟外国人一样，一开始迷上京戏里头的翻筋斗、武打，不懂唱、做、念，这也得要经过一定的过程。以后多看戏，然后就能琢磨出京戏的迷人之处了。"

我听了还是不受教，要求爸爸找师傅来教我耍银棍子。

"练到《白水滩》里的那身武功太不容易了！人家说，台上一分钟，台下十年功。六七岁的孩子送到戏班子里去，天不亮就起来练功，练不好师傅用鞭子打，你受得了吗？”

母亲认为我每天天亮很久了还赖在床上不起来，而且又有尿床的毛病，戏班子根本不会收留我。但是有戏师傅经常拿皮鞭子管教，倒是对我挺合适的。

爸爸年轻的时候在北平听过最好的京戏，最初跟着大家迷余大贤（叔岩），后来他更欣赏言菊朋，说言的念白讲究，平仄音韵都暗合古意，最能得到知识分子的偏爱。爸爸唱起京戏来挺有味道的，他最喜欢哼那一句：“老天爷，不绝我的后代根哪！”母亲认为是因为他都快四十岁了才得了个儿子，然后又有了老二，老天爷对他真的不薄哇！当然，母亲的功劳更大。记得傅伯伯抱怨傅伯母：你去医院开刀，开出两只瘤子来，人家王太太住院两次，每回都抱了个大儿子回家。

父亲最推崇京戏中唱功，那才是精髓。决定教我们兄弟俩学唱一段，选了《捉放曹》的开场：曹操、陈宫乘马上台，起首有四句：“八月中秋月光明（曹操唱），行人路上马蹄忙（陈宫唱），坐立雕鞍用目望（操），见一老丈站道旁（宫）。”我们兄弟二人学戏，没有胡琴、锣鼓，从没见过或听说过什么留声机、唱片那种高级东西，凭着耳朵用心听爸爸哼他那几段唱腔，就一句句地跟着唱起来。花脸黑头唱曹操，陈宫是老生唱腔。

学会这四句也费劲得很呢！爸爸的标准高，他说：要学就得学最好的，唱老生总得有点子余叔岩老板的味儿、黑头要唱出金少山的那一股子劲儿，声音就像是从脊梁后边蹿出来的！哥哥要唱陈宫，我就必须演曹操了。这可难为人哪！我的娃娃音，怎么学得会粗声霸气的黑头唱腔？就憋足了气挤着嗓子唱，苦练不已。我还对唱词提出疑问：“坐立雕鞍用目望”，那么曹操是坐在马鞍上，还是站在马鞍上用目望呢？可把大人问住了。

几天后爸爸给了我答案：“应该是‘坐离雕鞍’，曹操双脚踩住马镫子，屁股离开马鞍，这样身子就能高一点，看得更远。”“为什么，曹操的个子比别人矮吗？”

“对唷！‘三国’里是这么说的：曹孟德身长七尺，其他人像刘备、诸葛亮、张翼德都是八尺有余，关云长有九尺身材，不知道古时候的一尺有多长，但是比人短了两尺，他怎么能够不矮呢？”

练了一段时间大概有那么点意思了，父亲就不时地要我们兄弟俩在亲朋好友面前露一手，还带点做功的，唱完了大家都拍手叫好，说小小年纪这么认真地唱，真不容易。可是我老觉得是靠年纪小，才获得了点喝彩吧！某次表演完了爸爸问在场的听众：

“你们觉得好不好呀？”有人说：“看小方唱起来脑门子的青筋都暴起来，蛮怕人的耶！”父亲还教我唱一段曹操的：“恨董卓专权乱朝纲，欺天子，压诸侯，亚赛虎狼——”哥儿俩的京戏，后来也未能继续，造诣就止于这么一点点。

我的额头上长了一个疖子，母亲就用棉花沾点酒精在疖子上抹抹。疖子越长越大，像一颗大栗子一样，颜色变得青黑，又疼又痒的，还开始化脓。抗战时期东南战区的偏远农村，医疗设备和医护人员非常缺乏。有一天爸爸带了一位医官回家，医官从手提包里拿出亮晶晶的刀和剪子来。爸妈同我说，医官叔叔来替你治疖子，治好了就不会再疼了，额头又平平的很漂亮。爸妈在两旁按住我的肩膀，医官叔叔给我开刀。先用酒精清洗了一下，然后一刀割下去，疼得我立刻跳起来，爸妈又把我按回去坐下，我只有在那儿号啕大哭！不上麻药就开刀了，这里是战地，哪来的什么麻药？号哭了很久手术还没完，最后自己也没力气了，改为哀求：“爸爸，我乖了嘛！我已经乖了嘛！”

后来哥哥告诉我：“开刀的时候你说已经乖了，爸爸就在那儿掉眼泪。”

有一次一位剃头师傅挑着担子在附近兜生意，一下子就围上许多人，老乡们一个接一个地坐下来剃头。师傅用一把可以折叠起来的长剃刀，在每个人的头上刮，又不时将剃刀在一张长条形的皮革上擦擦蹭蹭地磨着，剃刀永远是亮晶晶的，不用多久就刮好一颗光头。生意做得差不多了，剃头师傅转过来问我们兄弟二人，要不要和其他人一样，也剃个光头？大概是鬼迷心窍，在没有得到母亲允许的情况下，我们哥儿俩就坐下来让他一一给刮成了两个光秃萝卜头。母亲事后匆匆赶到，付了剃头费，又狠狠地痛骂了我们两个一顿：

"剃头也不来问妈妈，这些挑担子剃头的最不卫生，要是传染上了瘌痢头，我就不再管你们的事了。"

妈妈料事如神，我们都染上了瘌痢头，头皮发痒、长疮、流血、溃烂，常年治不好。瘌痢头是我们童年挥之不去的羞耻记忆，受尽了各种嘲弄和治疗的痛苦，瘌痢头陪着我们长大。

鹅湖山下

父亲的办公营区，就在铅山（读作沿山）河口镇的鹅湖山下，距离鹅湖书院不远。鹅湖书院是当年朱熹、陆九渊、吕祖谦讲学的地方，南宋词人辛弃疾常年住在鹅湖。辛弃疾在词句中不时提到这个山明水秀的地方，有名句曰："我见青山多妩媚，青山见我亦如是"，青山就是指鹅湖山吧！

父亲每天在鹅湖山下的工作，与古圣先贤讲经说道、吟诗作赋的差距很大，他负责新兵识字教育。抗战期间征募来的士兵，多数是就地征召的农家子弟，他们几乎一律没有受过任何教育，绝大多数是文盲，纯朴老实，入伍训练的教官抱怨，他们有的连左右都分不清楚。新兵只会说连南昌人都不太懂的上饶话，更不用说讲国语了。父亲编了一套"新兵识字课本"，先教新兵熟记三十七个注音符号，学会了拼音，再教他们识字，每个国字旁边都有注音符号，帮助发音。

几个月下来，新兵学认字的成绩很好，父亲很兴奋，经常叫几名成绩优秀的同学出列，大声讲几句话，字正腔圆的震惊全场。某指挥官大为赞赏，说："王教官，我也来你的识字班上课好了，顺便把我这一口乡音给纠正过来。"

父亲为新兵组织了一个合唱团，能表演许多首抗战歌曲。有人为他们谱了一首新歌《鹅湖山下》，曲调已不复记忆，歌词还记得些许，因为是父亲撰写的歌词，词曰：

"鹅湖山下来学文，鹅湖山下来学武；学得文来安天下，学得武来打狼虎；安天下、安天下、打狼虎、打狼虎……"

新兵合唱团的功力大进，又练好了几首二部合唱的曲子。父亲带着他们在各地巡回演唱，老乡观众们的反应都非常热烈，但是老乡们对二部合唱有点意见："唱得当然很好啦！就是不太整齐。"

父亲经常提起在鹅湖山下教新兵识字的那段日子，那时的生活非常清苦，朝不保夕的，也不知道日军什么时候就会打过来。每天带着上千名原来一无所知的新兵，看着他们天天在进步：学会了打仗抗敌的本领，也认识了不少字，能够表情达意，又懂得了些做人处世的道理！父亲的成就感非常大，认为未来的他们，很多会成为社会上扎实有用的人，为咱们的国家做出很多贡献。

一切必须从教注音符号开始，这是怎么说的呢？数百年来中国积弱不振，抗战时期的文盲可能占了人口的九成多，民智如此低下又如何抵抗列强的凌辱？普及教育是振兴国家的首要任务，扫除文盲是普及教育的第一步。学中文最有效的方法就是从拼音学起，有注音符号的辅助，就能发音准确，四声正，识字造句随之而来，进步之神速，往往出乎意料，令人刮目相看。

父亲在北京师范大学的恩师是名语言学家黎锦熙教授，黎老师一向主张要在全国推行国语，学习注音统一语音，继“书同文”之后更必须要“语同音”，此乃强国之道的首要关键工作，然后方能忝列于现代国家之林。爸爸笃信黎老师的主张，毕业后就以统一语音、推行国语为终身的任务。但是在此之前，父亲一直在中学教书、编纂中华辞典，到了鹅湖他才有了实地教识字的经验；从注音符号开始，逐步教会了成千的新兵认字。头一次实践了黎老师的理论，获得斐然的成果，那种非凡的振奋和喜悦，实非笔墨可以形容。

新兵训练中心没有维持很久,因为日军发动了规模遍及浙江、江西一带的浙赣战役，来不及完成训练的新兵，都投入战场，抵抗装备优越的鬼子兵，在战场上牺牲的人数很多。

父子仨在鹅湖

安洲小学，傅伯伯（左一），傅伯母（右二），留辫子的是母亲，
左二是爸爸，兄弟穿上最好的衣服。

大公鸡啄小鸡鸡·“鸡捏我爹”

子弟小学迁到另外一个地方，安洲。还是母亲负责管理全校的事情，但是她不是校长了，校长是那位曾到我们家来谈“失眠”的傅伯母，工兵团团长夫人。子弟小学的经费由他们工兵团来筹措，团长夫人当然要挂名当那个校长。

母亲是学校的负责人，她教学有方，管教严厉，声名远播，已经传到邻省去了，有从百多里之外送来就读的学生，也有当地农家子弟。

学校地处偏远，许多男女学生住校。操场空旷，有升旗台、滑梯、跷跷板，但是没有球场，下了课同学们就在空场子上跑来跑去追着玩。父亲从部队带回来几只不大不小的皮球，他教小朋友打篮球，大家好喜欢。没有篮球架子怎么打篮球？爸爸就站在那儿不动，两只胳臂弯在胸前当篮筐，球投进去算两分，比赛得还很激烈。

我们家就在学校的后面，院子里竹林茂密，养了一群鸡。我最喜欢坐在大门门槛上看群鸡争吃谷子，给每一只鸡起了《三国演义》里面的名字。那时还看不大懂《三国演义》，但是平时看野台子京戏、爸爸哼的一段段老生唱腔，多数是三国故事。

父亲讲“虎牢关三英战吕布”：吕布年少英俊，使一支方天画戟，跨赤兔千里马，刘关张三兄弟围着打也赢不了他。怎么会这样，关云长的青龙偃月刀也不管用了，什么又是方天画戟，那么厉害？ 爸爸画了个方天画戟给我们看，有三个尖刃，样子怪怪的，比其他的兵器长。

老爸说：“古代兵器，一寸短、一寸险，方天画戟挥舞开来，别人近不得身。”“张翼德用丈八蛇矛，也很长呀！”“那倒也是。”爸爸想了一想然后有个结论：“关张两兄弟铆起劲来打，吕奉先绝不是敌手，偏偏那位武功平常的刘玄德要过来凑热闹。你知道刘备用什么兵器？”“雌雄双剑。”

“对呀！宝剑才不过三尺来长，他就在那儿做样子双手抡剑比画，就像小方打架，急了抡起王八拳来乱打，有什么用？关张二兄弟还得保护着他，别让吕布抽个冷子横过来戳一戟，伤了刘皇叔麻烦可大了，这个仗怎么打？”

之后我认定吕布才是真英雄，刘备的武艺差得太远。

竹林子里有只小公鸡，平时把头仰得高高的，大步走来走去左看右看的很神气。见到别的鸡咬着条小虫子，它就跑去三下两下抢过来。连大公鸡嘴里的食物也敢抢，跑得飞快，大公鸡追不上，然后还能边跑边吞吃虫子。这只小公鸡当然就是吕布。吕布经常和别的公鸡打架，它斗起来的时候脖子挺得笔直，小鸡冠矗立着，鸡毛蓬起来，跳得比对手高，嘴里叽叽咕咕地叫，多数不会互相啄到，做做样子吓唬对方，有一方退下来，战斗结束。通常吕布都是赢家。

那只老公鸡块头庞大，所有的公鸡母鸡都与它保持距离。那还用问，老公鸡就叫曹操。它从来不跑，步伐沉重，曹老鸡性子上来就追母鸡，站在母鸡的背上歪过后身来和母鸡对一下屁股，然后跳下来得意地咕咕咕叫一阵子。

我们家做饭的李嫂，讲一口当地河口话，我差不多都听得懂了。她说：“老公鸡爬到母鸡的背上去，那些母鸡就会孵小鸡了，以后我们就有更多的鸡，多好呀！”

李嫂预备一个窝，选出十几颗蛋来放在窝里，那只母鸡就天天在窝里孵蛋，偶尔离开窝到外面吃点东西。时间到了，就听见小鸡叽叽喳喳地叫，十几只黄毛小鸡满地乱转。我一直不明白，李嫂怎么知道哪一只母鸡要孵小鸡了，她预备的蛋都一定孵得出小鸡来吗？李嫂咧开嘴笑："乡下人就晓得，你们学生仔也不用知道呀！"

有一天我吃饭的时候穿着开裆裤，其实那种丢人的裤子我早就不穿了，因为那天没裤子换，母亲随手找了条过去的开裆裤给我穿。曹老鸡很贼，每到吃饭的时候就溜进屋子里来，在饭桌底下游走，专捡掉下来的饭菜吃。它经常在我的座位前后巡逻，因为我吃饭时最会掉饭粒子。那天很饿，我扒饭扒得快，有不少饭粒子掉在身上裤子上。忽然我的小鸡鸡头一阵剧痛，纵声大哭，曹老鸡快步跳过门槛，逃到院子里去了。仔细检查，我左边的包皮破了，血慢慢从伤口渗出。

这起案子的原委也简单，我穿开裆裤，那儿就露了出来，有颗饭粒子落在上面，曹老鸡挺起脖子来有半个人高，摇晃着鲜红的大鸡冠，它眼明嘴快，就近猛地在我那处啄了一口，酿成流血事件。

母亲做了机会教育：吃饭要坐直、专心、细嚼慢咽，就不会扒饭扒到满身都是饭粒子。曹老鸡啄小鸡鸡的事，被家人取笑了一辈子。

从此我躲着曹老鸡，它还是满院子欺负其他的鸡，这个家伙蛮讨厌的。

爸爸请客，李嫂做了好多道菜，客人赞不绝口。李嫂得意地说："还有一锅鸡汤。"她端上一只大汤锅上桌，打开锅盖，热气腾腾的香味四射，宾主发出一片叫好声。我看见锅中有一只大公鸡头，眼睛闭着，呈死灰色的大鸡冠浮在汤面上，曹老鸡软趴趴地躺在锅中。我冲到厨房大喊："李嫂，你把它煮鸡汤了呀？"然后我止不住地哭了出来。

李嫂说："你爸爸临时要我加菜的呀！莫哭莫哭，老公鸡啄你啄到你流血，它不好。""可是我没有要吃它呀！""没关系，你喜欢的小公鸡长大了，叫什么绿柏呀？""吕布。""对啰！你看它现在多神气，也会爬到母鸡的背上去，不用担心。老公鸡太老了。"

我喜欢坐在门槛上呆看院子里的竹林，有好多麻雀飞上飞下，它们的话多，双脚跳着往前走，偷吃鸡的饲料。风吹在竹叶子上的声音，像有人在不停地撕纸。再细细听，随着微风去来，总是听见有人说话，忽近忽远或有或无的。静下来是另外一种声音，听起来最舒服。

我们都很怕兵工团的团长傅伯伯，他是拨钱办小学的老板。穿着笔挺的黄呢子军装，腰上一条宽皮带，一根细皮带从右肩斜着挂下来，讲话声音很响亮。爸爸和他见了面就说个不停，同声大笑的时候，声震屋瓦。他女儿燕宁和我同班，燕宁和我挺要好的，她偷偷告诉我，因为我长瘌痢头，她妈妈不准她同我玩，但是她老忘记，又跟我玩起来了。

有一次傅伯伯来学校演说，全校师生站在操场听，他讲平常在部队里的那些训干部的话，小学生听不懂，摇摇晃晃的站不住，傅伯伯好几次叫学生要好好听演讲。燕宁也和我们站在队伍里，忽然听见傅伯伯大吼："傅燕宁，你给我站出来！"大家吓坏了，燕宁嘟起嘴来往前走了两步。傅伯伯一直骂燕宁不守规矩，站在队伍里同旁边的人讲话，旁边的那个人就是我。傅伯伯越说火气越大，他喊："傅燕宁你给我跪下！"燕宁开始哭，哭得好可怜，但是她就是不肯跪下来。然后傅伯伯突然扭头离开了。这个人好凶喔！

母亲跟爸爸提了好几次："傅 ×× 在小学生面前逞什么威风嘛！嫌学校办得不好，你就来骂我呀！当众侮辱自己的女儿，算什么英雄好汉！"爸爸叹了口气："唉！他这人就是个法西斯！"

班上和我最好的同学是个本地的农村孩子，特别矮，下雨天他顶着一只大斗笠，上面写着"毛提摩太"四个大字，很怪的名字。母亲说：毛提摩太是全校最聪明的孩子。妈妈的话是权威，我完全相信。毛提摩太究竟有多聪明？每堂课老师问问题，他总是第一个举手，答案脱口而出，从来没错过。他还会说出一长串的外国话，告诉我那是拉丁文。问母亲："什么是拉丁文哪？""拉丁文是古代的欧洲语言，现在没有多少人会了。""怎么毛提摩太就会呢？""是嘛！他一定是跟天主教神父学的。对喔，所以他的名字叫提摩太。"

毛小鬼一家信天主教，神父看他聪明，训练他念诵弥撒中的拉丁文，这小子的记性好，念几遍就会背。做弥撒的时候，他当辅祭。听他叽里咕噜不用喘气的念拉丁文，真的好佩服，怎么记得住那么长一段又一段的？他说，做弥撒辅祭挺容易，跟着神父跪下又站起来，接着神父念两句，到时候摇三次铃，一会儿再去祭台中央，向教友鞠躬、甩香炉。刚才他念的那一段好长的拉丁文,是神父举起双手来同天父讲的话,他也都记住了。我问他:“那是什么意思呢?”毛提摩太就用江西话说了一段,我听不懂。他说:“我只会用江西话来讲,哎呀!算了,反正天主教的事你也不懂。”“我跟你学拉丁文,先教我简单的。”

我的学习能力远远及不上毛小鬼,跟着他一遍遍地说了几次,被他一再纠正。最后只学会了“阿门”“没阿哭路霸”,还有一句是“鸡捏我爹”,这句很重要,是什么意思?毛提摩太嫌我啰唆,不再解释,或许他只会说说,意思也搞不懂。我被鸡啄过,是个最怕鸡的小孩,这“鸡捏我爹”,是鸡还要跟我爹过不去?听起来相当可怕。

第二个学期毛提摩太不来上学了,母亲说他爹认为念书没用,要他下田帮忙种地。

后记

多年后在台湾,我常去台北市同安街天主教南堂,受神父提拔学辅祭,读了点拉丁文,毛提摩太留下来的不解之谜,才得以逐一明了。“阿门”不用解释;“没阿哭路霸”是 Mea culpa,我有罪,在弥撒过程中,神父领信众忏悔自己的罪,念:Mea culpa，mea culpa，mea maxima culpa；我罪、我罪、告我大罪！辅祭与望弥撒的信众跟着大声念，忏悔。

那个“鸡捏我爹”又是啥呢？仍然不得其解。直到有一次我翻阅中文弥撒书，某处写着：教众望弥撒时，随神父以拉丁语念 Miserere nobis，如有困难，可以用中文回答：“矜怜我等”。真相大白，毛提摩太当年用江西土话说“矜怜我等”，我听成了“鸡捏我爹”，还以为他在说拉丁文。

忆起幼年玩伴毛提摩太，他的名字源自圣经“提摩太书”，此人绝非等闲之辈。

1945年江西上饶抗战胜利全家合影

2 辗转到上饶

抗战四幼童

1958年在台北市合影

哥哥（前左一）家隆（志励）（左一）孙学长（右后一）

孙学长

孙学长比我大七岁，是我们学校里块头最大的男同学。我记得他头一天来学校的那一幕：一个大男孩，脸孔近乎四方形，浓眉大鼻子，站在那里满不在乎地东张西望，一脸的不逊。他母亲讲一口山东话，一五一十地告诉我母亲曹老师："这个孩子实在太顽皮，俺管不住他，他爹不在了。孩子他爹是位陆军营长，台儿庄战役的时候，率领敢死队攻占一座日军堡垒，拿下堡垒，营长中弹牺牲。早就听说曹老师最会管学生，俺就把他交给老师了，要打要骂都可以。"然后就指着她儿子说："你要是不听曹老师的话，被学校开除，那就不用回家，俺也不要你了。"她儿子满不在乎的样子，眨了眨眼，没说话。

我母亲曹老师对学生严格但是公平，立下的规矩必须遵守，赏罚严明，住校学生更必须遵守校规。开始的时候孙学长没闹事，学业成绩也过得去。孙的个子虽然在男同学里面最高，可是学校里还有一个女同学，身材发育得很成熟，比孙学长就高那么一点点。同学们说，他恐怕打不过那个大女生，孙学长当然不服气，伸出胳臂来显肌肉，说他打架当然是全校最厉害的，又瞪起眼睛张开嘴巴，样子挺吓人。

某次在课间休息的时候，同学们起哄，要两个最大个儿的男生和女生摔跤，他们就抱在一起摔起来了。真的是势均力敌，谁也摔不倒谁，围观者看得十分兴奋，在一旁大声叫喊加油。最后孙学长使了个绊子，大女生失去平衡，两人轰然倒下，在地上翻滚，扬起来一大片尘土。尘土慢慢落下，我们看见母亲站在对面，面色严肃。

学生在课间打架是件大事。那天我们正在吃晚饭，孙学长敲门进来，两手下垂，低着头站在饭桌旁，母亲问他知不知道今天做了什么错事？孙学长点了点头。母亲继续说："依照学校的规定，在校内不守规矩打架的学生，一律开除，明天学校就会通知你母亲来学校接你回去，现在你可以回宿舍了。"孙学长不说话，也不肯离去。

过了一阵子，他低声说了句什么，谁也听不清楚。母亲要他大声说话，他又说了一次，还是模模糊糊的，重复了三遍，才听清楚他在说："曹老师对不起，我知道错了。"母亲没有改变主意的意思，坚持要他退学。

孙学长继续央求着，母亲不为所动。然后他开始啜泣起来，一面哭一面恳求着：不能退学，因为妈妈说过，曹老师要是不要他，妈也不要他了！啜泣的声音越来越大，后来变成号啕大哭："曹老师对不起，我再也不打架了，再也不打架了！"

我可是从来没见过，这么大个子的男生能哭成这个样子！孙学长真的被吓到了。最后母亲对他说，如果你是真心的改过，就答应你暂时留在学校，但是不能犯任何错误，否则立即退学。孙学长继续在学校念书，对我母亲曹老师口服心服，不再惹事了。但是他还是经常同我们说："其实我打架还是最行的。"

后记

高中一年级的暑假即将结束，某日我在家中穷极无聊，有人敲门，门启处有一个浓眉方面的大块头站在那里，不用他自我介绍，我已认出来是多年不见的孙学长。他的来访不是意外，因为孙学长两个星期前就写来一封信，母亲接到信之后好开心，四处拿信给人看，说：“这是我抗战时候教的学生，他凭着同等学力就考上台湾师范大学了。”

孙学长讲起自江西别后的经历来：他去了南京，在遗族学校读书。每个同学都是抗日战争的烈士遗族，我们身份证上的父母栏上写着：父，蒋中正；母，蒋宋美龄。真叫神气喽！好好念书了吗？才没有，那里的老师都不像曹老师，好混得很。在南京有吃有住还有零花钱，每天和同学们四处逛。战事吃紧，跟着部队往南走，一路上可叫辛苦呢！有一顿没一顿的，有时一天只发给一根玉米，我用铅笔画出三份来，当成早、中、晚三餐。为什么？你要是一下子把一根玉米都吃掉，晚上饿起来可就受不了啦！

遗族学校先撤到广州，再搭船来台湾。上面下命令，解散遗族学校，身体强壮、个子大的同学都要去当兵。我们不干，集体抗议。后来“国母”来学校演讲。谁是国母呀？就是在我们身份证上列为母亲的那位嘛！她说：你们应当继承父亲的遗志，都去给我从军报国。我们去了凤山，成为国军“新军摇篮”里的新兵。因为我块头大，连长派我当机关枪手，别人出操扛步枪，我要扛一挺轻机关枪，重得多了。

一年多后，觉得这样子下去就当个大头兵一辈子，不是一回事,必须要回去读书。上面规定,如果考上大学,就准你退伍入学。遗族学校是个中学，我没毕业，更没有用心读书，凭那时的破程度，哪里考得上？攒钱买了好几本考大学指南，抽空死啃。教官最不喜欢当兵的看书，怎么，你比我有学问哪？见到有人在一边低头用功，就找出件闲事来搞你。站岗的时候最好读书，大家都入睡了，没人来烦你。就着路灯翻书猛看，吸收得才叫快呢！

这样子啃书实在很累，多次都灰心了，几乎不能继续。就想起曹老师的话来："持之以恒，每天一点点地做下去，坚守纪律，多少都会有些成就的。"头一次参加大专联考，成绩不好，第二年再考一次，才考上台湾师范大学数学系。我早从报上知道你们在台北，不敢写信联系。为什么？总觉得自己要有点小成就了以后，才有脸来见曹老师呀！

曹老师是他的恩师，小时候从她那儿学到了许多：怎么读书、如何预备考试、生活规律化、答应别人的事，一定要做到等等。孙学长告诉我：将来要是有了孩子，他要完全用曹老师的那一套来教育他们。毕业后他赴美国深造，取得学位便在加拿大某大学教数学。

又过了几十年，母亲远赴美国分别与我们兄弟住了一段时间。孙学长专程从加拿大开车过来拜望恩师，近况如何？他的两个儿子都上大学了，一个学医，另一个学电机，从小就受到“曹氏教学法”的严格管教：早睡早起、注重卫生、今日功课今日毕、犯规的要受严重处罚……老母听到这个简报自然喜不自胜，当着老少三代说：“这辈子唯一的成就是教了几个好学生，我的好学生比儿子可强太多了！”

孙学长听了之后笑得合不拢嘴，用着恶作剧的眼神瞧着我们兄弟二人。不孝子如我等，当场为之披靡。

我们到南城去

爸爸兴致高的时候最喜欢找来三朋四友，在家中饮酒畅谈，针砭时政，激昂慷慨，声音越来越大。闲来无事便哼起梆子腔、京韵大鼓，当然他最引以为傲的是唱京戏的老生唱段：《空城计》《卧龙吊孝》……右手夹着根香烟，上下摇动，眼睛半睁，最特异的是他的双耳上端能够随着音调高低，一松一紧地前后来动，韵味十足地哼起言菊朋回肠百转的调子："曹孟德，领人马，八十三万——"这一句就能唱上五分钟。

父亲嫉恶如仇，发起火来有如冲天炮，吼声惊人："他再这样欺负人我就杀了他！"急如风的脾气来去得快，通常是一个小时之后，碰上件好玩的事，他那儿又谈笑风生起来了。父亲说："北方人都是这份儿德行，快人快语的不会拐弯抹角。这叫：小胡同赶猪，直进直出。”

母亲是传统大家族的长女，在一个重礼仪规矩繁多的环境中成长，行事严谨纪律性强，一切按步骤来。她对小孩的态度严肃，说话算数，言出必行。她说：“答应过小孩的话一定要办到，否则下回他就不相信你了。”她也用同样的诚信条件要求孩子和学生，小朋友想在她面前耍花样可不容易。

双亲的性格几乎相反，他们生活在一起发生过许多磨合困难的场景。老爸急起来口无遮拦，讲些发泄情绪有失分寸的话，事后却要付出甚为沉重的代价。母亲最有效的对策是：“徐庶进曹营，一言不发”。冷战进入第二天，爸爸是那么地爱讲话，怎么受得了？他道歉赔不是、好说歹说，对方就是不回应。然后爸爸就命令我们两个：“过去，向母亲说对不起，不应该惹妈妈生气。”其实完全不干我们的事，正要抗议，老爷子说：“我记得你上个礼拜脱毛衣的时候，妈妈脱得慢了点儿，你就在那儿哭呀喊的。”我说：“是毛衣蒙住我的头透不过气来嘛！”只有听老爸的吩咐，过去心不在焉地向妈妈道歉，一切都无效。

记得爸爸某次被冷战磨到快疯掉，点起一支烟来唱《空城计》司马懿退兵后孔明在城楼上唱的那句：“我面前缺少个，知——

音的人哪！”重复了十数遍之后，母亲说：“缺少个知心的人，你就去外面找知心的人好了！”“你看，我是在唱戏嘛！”至少她开口讲话了。

生闷气的时候，每个人的脸部表情都不会太好看。父亲的名语录之一：“那脸就像给屁熏了三天似的！”相由心生，一点都不假。通常爸爸说这句话都是指别人，但是有一回双亲大人不知道为什么事，吵得十分激烈，冷战了一个礼拜不见和缓。我听见父亲在屋子外面独自小声咕哝：“她那脸就跟让屁熏了三天似的！”这回的问题非常严重。

爸爸出差不在家，清晨妈妈把我们叫醒，快速地穿衣服出门，同行的还有杨阿姨和她的儿子家隆哥，再加上一名阿姨家身强体壮的勤务兵。“我们去哪里呀？”大人不搭理。杨阿姨的先生是父亲的同事某将军，两家人很熟，家隆哥和哥哥差不多大，也在我们子弟小学读书。

旅程很远，我们问了几次：“爸爸呢？”母亲没好气地说：“不要再问了，我们去南城看你舅舅。”有机会三个小孩一道旅行，觉得挺好玩的，管它去哪里呢？

如此遥远的长途旅行，应该是走了许多天才平安到达。记得我们在南城的一座天主堂附近住了下来，大概是一个天主堂的招待所。母亲天天带我们去天主堂望弥撒，洋神父在祭台上念经、跪拜、用江西国语讲道，外国修女领着唱经班，随着风琴唱起来。母亲很厉害，她能够用英语和神父修女交谈，神职人员也都能说点国语。我们兄弟二人望了一阵子弥撒后，便不由分说受洗成为天主教徒了，神父给我们各自取了一个圣徒的名字：老大叫保罗，小的叫彼得。

妈妈告诉我们：结婚之前，她在山东青岛一间天主教女子学校当了七年教务主任。我们看过很多次那时候的老照片：学生们穿漂亮的黑白制服，有许多笑眯眯的外国修女，教会学校设备好、活动多，青岛神父有照相匣子，一有机会就拍照。相较之下，江西的子弟小学真的好土哟！

母亲有一本老照相簿子，她在青岛的时候又年轻又漂亮，头发烫起大波浪，戴一副墨镜，穿宽大的外国洋装，每张团体照里都有她：浅浅的笑容，透着自信，姿态优雅，她那时的一身打扮真的太好看了。现在她穿没有腰身的粗布阴丹士林旗袍，我问：“从前的那些漂亮衣服呢？”“哎呀！都抗战了，穿漂亮衣服多不合适呀！”

“我以前是虔诚的天主教徒，又在那个教会学校工作了很久，”妈妈说，“受到所有神父和修女的器重，我认真考虑过要进修道院。”“去修道院，那是做什么的？”“修道院出来当修女传教呀！”“喔，就像白姆姆每天穿黑白袍子，脸和头都包起来那样，夏天会很热嘛！”“唉！后来遇见你爸爸——”

家隆哥的个子不高，但是他跑得最快，爬树更是厉害，两三下就上去了，然后站在很高的树枝上跳下来。早上望弥撒之后通常就没事了，我随着家隆哥在天主堂附近的草丛中乱跑，他认得出许多不同的花草，个个都叫得出名字来，教过我怎么去辨认，然而我在这方面的悟性不高，屡次被他骂好笨。杨阿姨经常叫家隆哥去野地里采枸杞头回来炒蛋，我拿着只篮子跟在他后面，没多久就采回来一篮子的枸杞头，吃饭时多了一道新鲜菜，很有成就感。后来我也学会了认枸杞头，帮着他找，但是他嫌我找来的枸杞头都太老，老枸杞头炒出来会很苦，不能吃。

枸杞头是什么玩意儿？枸杞乃野生草本植物，长出来的枸杞子是中医的一味药。江西人称枸杞叶子作枸杞头，拿它来炒蛋，味道独特，微苦。

然后我们轮流得痢疾，病势十分严重，苦不堪言。三个小孩先病倒，发烧泻肚的折腾不休，我和家隆哥病愈得最快，哥哥也逐渐康复。跟着是大人一一不支，病况很吓人，时常昏倒在地屎尿不禁的。那时是抗战中期，南城地处东南，是个落后地区，不具备任何医药条件，或许天主堂曾提供过些基本的西药。我们是怎么相互扶持熬过来的，已不记得个中过程，生死由天各凭福报了。

终于联络上舅舅了，我们一伙人搬到他那里去住。舅舅是南城陶陶招待所所长，在当地是有地位的人。陶陶招待所可比天主教堂旁边的地方好得太多，房间宽敞舒适，有花园池塘，池塘里彩色鲤鱼游来游去，那里的饭菜太好吃了。母亲是大姐，舅舅是四弟，大家庭的规矩，弟弟侍奉长姐自然要尽心尽力，我们在那儿好开心。

舅舅身材高，面颊消瘦，穿一身笔挺的中山装，很帅气。根据妈妈的说法，曹家的男人多半都是这个长相的：高大、英俊、儒雅。我们的爸爸有个不算小的肚子，个头偏矮，头发稀疏。看到几幅王家的老照片，爸爸家的亲戚多数也是矮胖或矮壮型，十足北方庄稼人的样子，就被曹氏宗亲比下去了。

舅舅只有一个女儿，比我们大很多，住在南昌老家，母亲说我们得叫她大表姐。舅舅最大的烦恼和遗憾是到现在还未曾得子，初次见到我们哥儿俩，妈妈说舅舅就露出了一脸馋相，恨不得把我们都收做他的儿子才好。我小时候甚为调皮好动，最能讨到大人的喜欢。到了陶陶招待所的第二个晚上，舅舅就要求我每晚陪他睡，母亲没意见。可是过了几夜之后，舅舅又把我送回来了，他说："小方很好玩，可是他每天晚上尿床，这个——我真受不了！"

没有多久爸爸就出现在陶陶招待所了，他带来水果、糕饼，一时嘻嘻哈哈的很热闹。爸爸和四舅舅最聊得来，两个人每天抽烟喝酒的说个没完，分析局势、批判当局的腐败、痛恨日军的残暴。我还清楚地记得他们曾讨论过如何才能治好小方尿床的毛病，偏方太多了：绑个玻璃瓶在那根小鸡鸡上，就不会尿湿了被褥；干脆绑上只喇叭，一撒尿号角便响起；喝癞蛤蟆的尿——然后两个大男人就哈哈地笑个不停。

收拾行李要离开南城了，我们真的好舍不得。舍不得那座天主堂，望弥撒时洋神父厚重声音唱经念经，修女的尖嗓子领头唱起来；漂亮的陶陶招待所……还有，家隆哥他们不同我们回铅山，因为家隆的爸爸没来接他们，以后我再也不曾到野地里捡枸杞头了。

后来我问起去南城的事，母亲说：“你爸爸一直在骗我，杨阿姨的先生也做了很坏的事，以后不许再问了。”南城在鹅湖的西南方，粗略估计距离至少有一百五十多公里吧！抗战期间没有交通工具，又逢上战乱，路上治安不好，母亲和杨阿姨突然决定冒险做长途跋涉，必然有她们重大的理由。

多年后与老哥谈起幼年远赴南城的往事，凭着集体记忆互补长短：妈妈和杨阿姨一定都遇到婚姻上的困难，带着众小孩不辞而别，看来是个仓促的决定，所以到了南城一时找不到四舅，暂时在天主教招待所里安身。爸爸出差回家，见不到一家大小，当时的战区后方，通信、交通异常落后，那份焦虑也可想而知。他凭着合理的推测，我们应该是去南城来找舅舅的吧！老爸在两个月后出现在南城，化解了争端，我们回到铅山。他们之间究竟发生了什么严重的问题？妈妈多次说她被骗，爸爸是怎么骗她的？这个答案直到抗战胜利之后，方才真相大白。

后记一

多年后我们在台湾又与杨阿姨、家隆哥相逢。阿姨告诉我们：

南城分手后在陶陶招待所又住了一段时期，朋友介绍赣南专区，新来的专区主任委员蒋经国很有干劲儿，许多人慕蒋专员的名去了赣州，杨阿姨带着家隆哥在赣州工作，一直到抗战胜利。

家隆哥改名志励，后来他考入空军官校，成为优秀的战斗机飞行员，编入雷虎小组第二队。志励哥是我最知心的好朋友，我们一起在台湾度过惨淡的青少年。

后记二

终于到了空军公墓，我四十年前就该来的。两名替代役小伙子又蹦又跳地在前面领路，捧着两小盆兰花，进入一片墓地。放眼望去，地面上斜躺着好几百块尺余见方的水泥墓碑，排列整齐，就像入伍训练早点名时的队伍。志励哥的墓碑在哪里？六百三十二号，顺着号码慢慢找。

水泥墓碑上的字迹相同，写着每位飞行员的简短履历，文字呆板，这就是军中的制式处理吧！六百三十二号水泥墓碑在两棵小松树的下面，将兰花并列在碑前。仔细读水泥碑上的字：秦志励，少校飞行官、籍贯、年龄、空军官校 ×× 期毕业。于民国 ×× 年 × 月 × 日驾机执行照相任务，因公殒命。

墓地简陋如此，居然还用“殒命”这两个字！志励哥出生入死在空中巡逻千百次，因飞机机械故障而失事，再冷酷无情，也算是因公殉职吧！“殒命”是个带有侮辱性、贬义的词，以此来叙述一位英挺飞行官的人生完结篇？我顿时怒火攻心，想纵声而吼，世间无道，就把人当作一次性使用的消费品，伦常丧尽如斯！衰老无力的我，又去哪里争辩？伫立在碑前很久。

志励哥本名家隆，是我幼年最要好的朋友。那年我们都还是年轻小伙子，我陪他去体格检查，操场上简单搭起来几个帐篷，三五成群的考生，结伴等候在帐篷外。那时的体检简单，量身高体重、以听筒听听心肺等。眼睛的检查较仔细，医生翻看数据，然后问:“你是来报考空军官校的？”“不是，”志励低声回答，“我考空军机校。”“喔！你的视力很好，考官校也合格。”

下一间帐篷要检查肛门。医生叫志励把裤子脱下，他顺势就蹲了下去。医生觉得奇怪，说：“你这样蹲着叫我怎么检查肛门呢？”我顿时大声地笑起来。走出帐篷，志励在我耳边低声狠狠地警告：“你小子要是把刚才的事讲出去，我就宰了你！”体检顺利通过。发榜那天我们一早就去了，他的名字赫然列在空军官校的录取名单上。我惊呼：

“你报考的不是空军机校吗？”

“ 唉！”他露出笑容，说，“要是行的话总该做个天上飞的吧！”

事态严重，志励的母亲坚决反对儿子当空军飞行员，认为那个职业太危险了。我问他：“你做了手脚呀！回头怎么向阿姨交代？”“笔试前改了报考志愿。没问题，老娘那边我摆得平。”

我们叫志励的母亲阿姨，从有记忆开始，阿姨和我妈就是好朋友，两家小孩是一块长大的。阿姨早年失婚，工作不稳定，带着儿子志励到处奔走。志励一直换学校念，他的数学和英文的基础功夫就不扎实，他常把 EngLish 说成“阴沟流水”。后来阿姨再嫁，志励才稳定地在一所工职读土木科。测量是他最喜欢的科目，画出来的测量图漂亮到能藐死人的。大学联考这一关不容易过，志励没考好，分数较差的正是英文和数学。我们私下讨论过，安下心来好好上个补习班，猛掏阴沟，明年重考一定没问题。阿姨有一天同她先生商量：能不能让志励上一年补习班？做继父的面色严肃，从头到尾不搭腔，阿姨也不好再提了。

记得那天下午，我和志励在路边摊吃完福州馄饨面，然后在街上乱转，他突然暴跳如雷地大叫：“妈的臭！妈的臭！——他也配！”我完全知道他为什么发火，但是又能怎么样呢？我问：

“你打算怎么办？”

“考军校，不相信自己走不出一条路来！”

志励同他老娘商量要投考空军官校，阿姨急到发狂，跑到我们家来向母亲诉苦，又拉住我说：“你和志励是好朋友，叫他千万别去干那种最危险的职业，我只有这么一个儿子啊！”然后阿姨就泪崩不已。母子达成协议，只准考空军机校，可是后来阿姨怎么又同意儿子上官校，详情就不太清楚了。

我一直认为要志励补习的事遭到拒绝，是阿姨的时机没掌握对。他们夫妇都爱打麻将，经常来我们家搓八圈，而且抢着上桌。那天家中只有一桌，阿姨在一旁看了四圈的歪脖子胡，大家站起来扳风，她先生并没有让贤的意思，正要在北风位子坐下，阿姨忍不住了，一个健步蹿上去，顺手将北风坐的椅子往后一撤，她先生不察，一屁股坐下，当场摔了个四脚朝天大屁股蹲儿。他站起来满脸通红，不发一言到玄关穿鞋子回家了。阿姨若无其事地坐下来搓麻将到半夜。得来消息，“屁股蹲儿”事件发生后第二天，阿姨就提出要志励上一年补习班，人家还在气头上呢！自然谈不下去。

志励在空军官校得其所哉，教官们认为他是个天生的飞行员，反应快、学习认真、表现优异，再难的技术他一上手就到位，人缘又好。他们在官校学的是啥，我搞不清楚，但是这些臭小伙子放假出来耍，就满罩的。你看嘛，一个个身材笔挺，制服耀眼，戴上最时髦的墨镜，每位的舞技都有两把刷子，会说会玩会闹，在任何派对里，女孩子就对这批家伙另眼看待。什么国立大学电机系的学生，见了美女讷讷不能言，下场跳舞四肢不灵，还经常踩到女伴的脚，很逊。那阵子常跟着官校的帅哥跑舞会，如果碰上洋妞儿，我才派上点用场，他们靠我翻译。

毕业典礼那天，志励和他老娘在一架银光闪闪的最新战斗机旁合影，劲风吹散了他老娘的头发，老娘笑得灿烂，志励的嘴角略略翘起，得意又镇静自若。他以后就要飞这种战斗机了。

我在 ×× 大学女生宿舍门前枯等半个多小时了，漂亮小姐出席舞会前总要用心地打扮起来，男伴必须在此刻展现过人的耐性，以示效忠。一位穿短筒皮靴的空军帅哥在我眼前晃过，追上一步看去，可不就是志励，他看到我“盛装”的模样便止不住笑弯了腰。我问：

“你约了谁？”

“等下子你就见到了。怎么又穿这件香港衫，今年已经不流行了。”

“你这双靴子怎么搞到的？很棒耶！给我也来一双怎么样？”

“甭想，这种靴子特别贵，替我省几个钱吧！你应该先整顿一下你的上衣和裤子，这条裤子的颜色真侉，也太短。”然后他看着我，又笑得直不起腰来。

我感觉自己是个上不了台盘的老土。一位青春艳丽型的美女，笑吟吟的快步走出来，志励迎了上去。不用介绍我已知道了，她是本校的侨生之花。心中暗骂：志励凭哪一点，捞过界也捞得太狠了点吧！

志励告诉我他与侨生之花的发展不错，开始他还巨细无遗地讲他们去了哪里，趁机会做过哪些肌肤之亲的细节，后来再问，他就来个微笑而不答了。还带她去见过老娘。“你老娘怎么说？”“她没说什么。”那女孩是一朵花，当然就招蜂引蝶的，与志励竞争的对手有好几个，还有他们同一个队上的飞官儿，战况激烈而胶着。没多久志励入选为“雷虎小组”第二队，调到南部基地训练，忙到不行，与侨生之花的关系随之冷却下来。

接到志励从南部寄来的一封信，字迹潦草。头一段是好消息，上个月他已晋升空军上尉，在同期同学里面爬得算快的。下面是坏消息：最近摔伤了，正在 ××× 医院休养，所以字写得像狗爬的一样，这事千万不能让老娘知道。我搭车南下，刚踏入病房就被他的模样给吓坏了：纱布重重包起他肿起来的脑袋，头几乎和他肩膀一般宽。左眼严重淤血，门牙少了一颗半。

“不要吓得跟孙子一样，”他说，“肿已经消了很多，前天我那个模样才叫不能看哩！”为了在地靶射击项目上得高分，他飞得太低，射击距离过短，地上的石子反弹回来砸进飞机挡风板，再击中他的头部。镇静地做好紧急安全降落，然后他就人事不省了。

“以后还能飞吗？”我问。“不知道，”他神情落寞，“医官说我的伤势不太要紧，就看眼睛的视力能不能恢复，以后再测试。”“要不就办个因伤除役，”我建议，“你们不是有免考进入国立大学的办法吗？去读台湾大学土木系嘛！到工地测量，绘制测量图，泡妞儿，太好玩了。”

志励侧耳倾听，未置可否。“不过你如果下个学期才去读台大，”我说，“你就是我的学弟了。”“我成了你的学弟？滚一边去吧！”

这时候走进来两位中年军官，前面那位的声音洪亮，他说："秦志励不要怕，我也被地靶石头砸到过。""指导官，我没在怕。"

指导官脱下帽子，指着他额头上两寸来长的伤疤。他说："你看看它砸得有多深，但是我坚持要继续当天上飞的，这得先克服心理障碍，才能飞下去。你要是心里老有个疙瘩，趁早不用想了。唉！国家培养一位优秀的飞官儿不容易。你好好安心养伤吧！""谢谢指导官关心，我会很快好起来的。"

两个多月后，陪志励哥去看他老娘，他的头还微微有点肿，门牙也来不及补。阿姨一见到他就惊呼："是撞到什么瘟神了，脸肿成这样子。啊呀！门牙也少了两颗！"志励哥含混以对，说是打篮球不小心摔了一跤。阿姨立即就相信了，然后不断地碎碎念：又不是小孩子，打球好玩吗！何必那么拼命，摔成这副丑样子，还好没有伤到眼睛鼻子，破了相又得去做手术……

志励哥当然没有退役，在他的生活环境中，优秀飞行员得到最多的尊敬和奖励，读大学一切要从头开始，充满了未知数。他的视力恢复正常，便再度执行飞行任务，又加上特技训练，以后就经常几个月都不来台北混了。某日向我招认，他在南部交了个新女朋友，感情挺好的。"是嘛！"我不经意地说，"打多少分？"

他怒气冲冲地瞪我一眼，说："喂，人家认真地在同你讲耶！瞎扯淡我就不说了。"

这回可不是开玩笑的，我看了几张照片，她脸蛋清秀，眼睛细长，笑起来情切切的媚气逼人，身材无可挑剔，她就是他的正主儿。两人几天见不到面，就思念得缠缠绵绵，情书上写满了唐诗句子，多半是李商隐的绝句：碧海青天夜夜心、蜡炬成灰泪始干、何当共剪西窗烛，却话巴山夜雨时、穆王何事不重来……

乖乖，这是何等境界，爱情能美成这样，简直叫人忌妒、痛恨至死！志励恐怕只有束手就擒了。"结婚吧！"我说，"最好在我出国之前，我还可以混个伴郎干，租套礼服穿上过干瘾。"阿姨没意见，只要儿子喜欢就好，女方家长却全力反对。理由是飞官儿不安全，不希望女儿命苦做寡妇。父母越反对，这对鸳鸯的爱情越坚牢，他的女友曾愤而离家出走了很长一段时间。

我匆匆出国留学，临行前没来得及和志励通电话，那年月打个长途电话到南部也是件麻烦事。到了美国偶尔与他通航空邮件，互报近况。从信件中陆续得知，志励终于结婚成家，紧接着生了一儿一女。寄来一帧他们的全家福照片，神仙眷侣抱着一对叫人爱死的金童玉女，简直美呆了。

志励一连来了好几封信，最近又升了一级，官拜少校。上面派他飞新战机，正积极准备去美国受训，大概会在新大陆待上半年。这阵子他猛练英语，就怕到了美国开口讲话人家听不懂，都是少壮不努力呀！我回信：自以为英文还算过得去，我下飞机一开口老美都会说：请再说一遍。别担心，混一阵子对话就行了。很期待在美国重逢，又可以一起混混闹闹，其乐何似？我在这边的糗事儿可多了，见面再仔细说。

几个月过去，还是不知道他来美国的具体日程。

母亲寄来家书，信中提到志励哥驾机出任务，然后就没有回来。他妈妈的情况非常不好。接到消息胸中麻痹，呆滞沮丧到无法自处良久。为什么这种事情会发生在志励身上，他美丽的妻子、叫人痛爱的女儿、小儿子以后怎么办？老娘怎么承受得起那份永远无法休止的锥心之痛？试着写封信给阿姨，每次都写不下去。

数年后，意外地接到阿姨给我的信："小方：你知道阿姨是不太会写信的，可是我求求你一定要帮这个忙，你妈妈告诉我你常跑大陆，同那边的关系好。下次你去的时候，千万要替我好好打听，你志励哥是不是飞到他们那边去了？如果他真的过去了也好，大概暂时不能同我联系——现在我每天就这么盼望着！”

在大陆托了重重关系打探这件事，得到的答复：没有这项飞过来的记录。阿姨又来信告诉我，她的儿媳妇改嫁，带着孩子们定居美国了。阿姨也准备离开这块伤心地，趁着身体还好，也能吃苦，不如去美国闯一闯。她真的就一个人来到美国，在纽约市唐人街血汗车衣厂中打工、替人当保姆，十多年后建立起经济基础，将女儿老公都接了过来。阿姨赤手空拳，咬着牙打出一片天来，她一句英文也不会讲。我最佩服的现代英雄就是阿姨。

有一年我去纽约市看阿姨，老人家头发全白，精神还很健旺。她记得我的生日就在这几天，见面就掏出一个红包塞过来。我说：

“阿姨，我都这把年纪了，您还来这一套，无论如何也不能收。”

阿姨两眼一瞪，目光炯炯地说：“你再大也还是我的孩子，我看着你长大的，给我拿着！”

一生蹉跎，四十多年转眼过去，今天终于来到墓地。

志励哥一直就蜷伏在这块小地方？绝对不会，咱们的帅哥飞翔技术超群，他是《2001 太空漫游》那部电影中的宇航员，多次在宇宙太空中翱翔盘旋，穿越无与伦比的灿烂时空。

当晚我打长途电话给阿姨：“阿姨，我去了空军公墓，和志励哥讲话了。”

“那真好喔！你有没有告诉他我身体还行，就是腿不听使唤了，出门得坐轮椅。但是不用担心，反正我一切都交给了主，感谢主——”“嗯，是的，嗯嗯！”

刹那间，往事一一涌现，视线逐渐模糊了，泪珠子便成串地落下来。真的老了哟！有一天，我们终于又会同在一起，听他对我老土打扮的嘲弄，我就揭发他那条“阴沟”，一直还在严重的堵塞着。

鬼子兵打过来了

从南城回到铅山不久，鬼子兵打过来了。抗战第三战区司令部紧急通知遣散。全家匆忙上路，往西南山区逃难，翻过武夷山，最后到了福建麻沙。这一趟旅程我颇记得。

一起逃难的还有几位小学老师。大家徒步走山路，雇了几名挑夫用扁担挑着行李在前面带路，主要的交通工具是“鸡公车”。鸡公车以一只坚固的木制车轮为主，车轮直径比一个小孩还高，轴心从两端伸出来，看起来很结实。在独轮两侧装上架子，架子上钉两块平板，可以载货或坐人。两片平板底下结实地钉上两只把手，把手往后伸出来，供车夫抓住把手往前推着车子走。两把手的末端，以一条粗厚的帆布宽带子连起来，车夫将带子套在颈后，带子从双肩垂下，这样推着车行走，可以靠肩膀扛起车子的部分重量来，他的两只手要维持车子的平衡，掌握方向。鸡公车是独轮车，能走很窄的路，翻山越岭非它不可。鸡公车车夫身体要壮，全仗他的超强体力推车上山下山。中国古典文学作品中，常见到“老汉推车”的句子，推的车子大概就是鸡公车。

我和哥哥这两个小萝卜头子开始很兴奋,以为是去郊游远足。走了半个钟头的山路便叫苦连天，哭闹撒赖的要大人抱。山路崎岖，普通人走上去都要气喘吁吁的，谁能抱个孩子爬山呢？赶路逃鬼子兵不能耽搁时间，于是就把我们兄弟二人放在鸡公车的行李堆上，一边一个。鸡公车走不快，坐在上面观看风景，听车夫哼唱山歌，学着讲他的方言，也挺有趣。

鸡公车上陡坡很困难，需要绑上一条粗绳子，几个人在前面拖车，这样子前后用力，鸡公车方才能勉强上了山坡。爸爸那时候正在壮年，虽然体形肥胖，但精力旺盛，有好几次他也加入拖鸡公车上坡的行列，浑身湿透满头大汗，一面还唱起河北梆子腔来:“刘玄德在白帝城,自思自叹——”他说干活儿的时候就得唱，那样才不会累。为什么不唱京戏呢？梆子腔来自乡下，用它来搭配拉车正合适。

逃难队伍被前面山坡上数不清的山羊群挡住路，它们若无其事地在山上吃草，牧羊人不知道去了哪里。山羊最固执，只服从牧羊人的指挥，几头老公羊凶得很，惹急了就低下头来用大犄角顶你。都是不会赶羊的人，赶走了这一群，又过来另外一群羊挡住去路。来来回回地折腾了很久，天色慢慢暗下了，挑夫头子说，如果天黑了还走不到下个村子，晚上走山路实在太凶险。

爸爸皱着眉头不说话，然后挥起手中的那根竹杖试图赶羊，无效。他突然从行李包取出一把盒子炮（老式连发手枪）来，朝着天空连放了几枪，山羊群被吓到，漫山遍野地跑，逃难队伍快速循山路过去。牧羊人出现了，挥着赶羊的鞭子，用方言大声骂脏话。

爸爸还会放枪！不稀奇，他那时官拜中校，虽然是文职也受过基本军事训练。逃难当然要带着枪，谁知道会遇到什么事呢？后来爸爸告诉我们：其实最担心是临时雇来的挑夫，有人说他们平时当挑夫，遇到好机会就变成土匪。战火纷飞，谁管得了谁呀！

有时候我们哥儿俩一人坐在一边的箩筐里，挑夫挑着两个小孩赶路太轻松了。他的脚程快，通常我们都走在前面，找到一棵大树下休息，等候鸡公车和大队人马慢慢到来。挑夫走在稻田埂上，两只箩筐就在水田上面迎风而过，在箩筐里有飘然坐船的感觉。有次挑夫没走稳当，一脚踏空，我的箩筐就浸入稻田的水中，没觉得有什么了不起。后来母亲发觉我的衣服湿了，而且一身的臭。那还用说，早年中国南方的稻田里，都灌了大量的水肥。她不准我们再坐箩筐。箩筐坐久了，两条腿麻到失去知觉，休息很久才能走路。

翻过武夷山头，就进入福建省了。分水关是山路的最高点，走在上面可以看到很远的风景。你看得到人家，人家也能看得见你。就在分水关的山顶，远处响起了隆隆的飞机引擎声，有经验的挑夫立即往路边的树荫下、草丛间、山沟里、石头后面找到掩护地，其他人也跟着趴在路旁的隐蔽处。日本战斗机俯冲下来，声音响得吓人，机关枪扫射了一轮，又升高飞了上去，没有人受伤。母亲俯身遮住我，眼镜和脸上都是灰尘，嘴唇微微颤抖。日本战斗机没有再回来，我们跑着往山下去。

进入福建北部，记得还坐了一阵子船，沿着条河慢慢地顺流而下，麻沙是一个靠河边的小镇。船抵达目的地，人和行李都下来了，见不到有人来接我们。岸边没什么树，八九个人靠在一堆行李边苦等，大太阳快把人的油给晒出来。北方人天生怕热，父亲耐不住就脱了衣服鞋袜，跃入河中凉快去了。游的是狗爬式，双足打起很高的水花来，在水中还高兴地呼叫："你们看哪，我会扎猛子！"然后把头沉进水里去，好久也不出来，我们看得着急，大声地喊："爸爸快出来！"过了好一会儿，他才从河的另外一处冒头出来，挥着手臂得意非凡。兄弟二人当然也很想到水里去玩，却被母亲喝止："不准跟着你爸爸胡搞！"

山区的气候变化快，顷刻间天上就起了大片乌云。母亲大声叫爸爸别玩水了，快找个地方避雨，搬行李。但是老爸玩得太开心，过了好久才不情不愿地上岸来，雨已经下得很急。母亲坐在岸边，撑起一把油伞来，遮住母子三人，绷着脸，气得噘起嘴巴，不发一语。

这一幕"麻沙河边淋雨记"，母亲没让我们忘记，以后的数十年间，她屡屡提起它来，作为管训下一代的重要教材：遇事不可冲动，要掌握分寸适可而止，像你爸爸那样乱来，大家就跟着受罪。

在麻沙我们住在一座三面临空，离地好几尺的舞台上，它是当地的中山堂，面对着一片土操场，操场的尽头有一根旗杆。与我们一起逃难的还有郭老师和她妹妹，郭老师是学校里最受欢迎的教员，她妹妹年纪轻，都叫她小郭老师，她大概还不是位老师，在学校管点其他的事，郭老师姐妹对小朋友都特别亲切。在舞台上吊起被单来分隔空间，各据一方地住下来。

麻沙河距离我们不远，去河中打水不太费事，捡来的树枝可以生火做饭，平时我就在附近的树林里拉野屎。不用上学，每天四周乱跑，挺开心的。

来了个东源哥。他是附近一个村子里的青年，路过操场看到这里有人住，就过来打招呼。东源哥有十几岁了，瘦瘦高高长得挺好的，讲话声音很低，国语说得还算标准，他在县城念到中学三年级，最近这一带有鼠疫蔓延，学校都停课了。母亲对他的印象不错，问了很多:家里做什么的，喜欢读书吗？以后想做什么？他最喜欢读书了，希望将来去城里的银行做事。这次的鼠疫来得好厉害，村子里死了好多人，东源哥的全家五口，就在这一个月里前后都病死了，只剩下他一个人。怎么一回事，没去找医生看病？东源哥在那儿发呆说不出话来，过了好一会儿，他说："在我们家附近发现一只好大的死老鼠，全家人轮流拎着玩，又拿秤来量这只死老鼠有多重，然后每个人都得了同样的病，没有找大夫，因为全村得这个鼠疫病的人太多了，大夫忙不过来也治不好，死了好多人，只有我扛了过来。""噢！以后你怎么办呢？""不知道。”

怪不得我们住在这个舞台上好几天，附近没见到什么人。鼠疫是什么，怎么那么厉害？母亲说是老鼠身上带的病菌，传染到人身上就治不好的，你们见到老鼠一定要躲开，要好小心。东西用完了洗干净，以后吃剩的饭菜都要装好，馊掉的放到树林里面埋起来。小孩子睡觉前用心刷牙漱口洗脸，嘴巴里不要留食物，不然的话让老鼠闻到味道，它会爬过来偷吃，病菌一下子就传染上了，那还得了？

刷牙漱口的话是冲着我哥说的：他从小就喜欢吃肉，抗战时期生活困难，有肉的菜肴十分罕见。有一次上来了一道红烧肉，切的肉块有瘦有肥还带着肉皮，他爱死了，猛吃一顿之后还留了一块肉在嘴里，舍不得嚼了咽下去，第二天早晨那块肉还在嘴里，已经开始发臭。

东源哥每天都过来，他很会做事，帮忙搬运、挑水、烧火煮饭、去附近小镇买点东西。母亲找了几本书给他看，他看书很快，看完就送回来再换一本。有时候也同我们玩游戏，最会抽陀螺；用一根细绳子绕着绑紧一头尖一头圆的木头陀螺，然后猛地往地上甩下去，绳子松开，陀螺就地快速地旋转起来，又要看准了它，拿那根细绳子抽陀螺，陀螺就能在地上转很久很久。后来我练抽陀螺也练得挺不错的了。

东源哥喜欢找机会和小郭老师讲话，两个人讲起话来会好久，我早看出来他们是在要好了，可是没跟任何人说起。那天我去树林子里大便，正蹲在草丛里使劲，听见脚步声，东源哥和小郭老师慢慢走过来，一边走一边低声讲话，还叽叽嘎嘎地笑。很怕他们走过来看见我光屁股蹲着的模样，那太难看了呀！我就憋足劲儿用力唱《捉放曹》的头一句："八月十五呃，月光明哪！"他们绕到树林的另外一头去。奇怪，天都快黑了，还往森林里去干什么？

有个哑巴老在附近走来走去，穿得很破旧，背着一只大麻布口袋，头发一根根蓬起来，还黏成一块一块的，大概很久没洗过头，不会讲话，咿咿啊啊地老在比手势。东源哥完全懂得他的手势，说这哑巴最会抓蛇。哑巴想知道我们这里有没有蛇出来过，中山堂后面的树林里蛇最多了，抓一只蛇他只收一点钱。蛇是怎么抓的呀？哑巴从麻布袋里拿出一条蛇来，活生生的就在他身上爬。我们这里还没有见到蛇，只有老鼠，哑巴听见老鼠，脸上就很恐慌。告诉他发现有蛇的话一定会找他来抓。哑巴靠抓蛇过活，蛇皮蛇胆卖给中药铺。他不怕蛇咬吗？不会的，哑巴的抓蛇师傅很有名，他师傅走了后，哑巴就是这一带的捕蛇王。

以后母亲严厉禁止我们去后面树林里拉野屎。

在麻沙的中山堂住了有两个多月，有一天爸爸从镇上回来说："鬼子兵退了，我们马上回铅山去！"又要回去上学？我真的有点舍不得这个地方呢！东源哥帮着我们清扫整理、打包、扛行李上船，他说你们这么快就走了呀！就站在岸上扭过头去偷偷擦眼泪。妈妈和老爸商量了一下子，她说："东源哪，反正你也没学校上，家人又都不在了，要不要跟我们去江西铅山？"东源在岸边高兴得蹦起来好高，什么也没带就跳上船来。

浙赣战役考

长大了读抗日战争史。浙赣战役：一九四二年，美国出动轰炸机空袭日本东京等地。这是日本对中国开战以来，他们的本土首次遭到轰炸。美军轰炸机在执行任务后，都在浙江衢州、丽水等机场降落。日本军本部决定发动攻击，摧毁衢州、丽水等机场。

五月份日军出动四个半师团的兵力，企图打通浙赣铁路线。国军逐次撤退，避免与日军决战。日军攻陷衢州、金华、兰溪、寿昌；又从南昌渡过抚河，挥军东南。六月，日军攻克玉山、广丰、上饶、贵溪等地。浙江、江西两省的机场、铁路被彻底破坏，日军在占领地烧杀掳掠，掠夺大批战略物资。日军的战线拉长，兵力分散，国军开始在各地反击，战斗激烈。日第十三军第十五师团指挥官酒井直次中将，素有侵华“急先锋”“虎将”之称，中地雷身亡，是日本侵华阵亡的第一名师团长。八月底日军全部撤回原防，战役结束。

日军在浙赣战役伤亡近三万人，国军伤亡七万,二十五万民众被日军直接或间接凌辱杀害。酒井直次中将被炸死的消息，一直被日军高度保密，怕日军的常胜形象受损。直到一九八四年，日本防卫厅防卫研究所战史室编写的《中国派遣军》中记载:“酒井直次师团长的战马误踏地雷。酒井中将从马上跌下来，左腿受伤，送到后方等待转送医院，不久酒井直次不治。现任师团长阵亡，是日本陆军创建以来的首次。”

中国军民在浙赣战役中损伤惨重，但并没有一味挨打。战役中日本指挥官酒井中将战死，却要等待到四十二年之后才揭开真相。

仔细观看地图，福建麻沙在铅山之南约一百公里的地方，去麻沙要翻越海拔两千多公尺的黄岗山，山路狭窄。估计若日军走上这条路，双方一对一地在林间小道做匹夫之勇的搏斗，“狭路相逢勇者胜”，优势装备讨不到便宜去，所以算定鬼子兵不会进军闽北。当年的疏散计划，经过了慎密的考虑。

铅山就在上饶与贵溪之间，当时完全被鬼子兵占领。若不及时撤往福建北方，谁也不会有好下场。我忘不了一张照片：一名日军用步枪上的刺刀插入中国小孩的肚子，高高举起，脸上带着胜利者的微笑。征服者的暴虐，令人毛骨悚然。哥哥和我幸好没有成为日本兵刺刀下的两坨肉。

读到另一则报导：日军在战役中散播了霍乱、伤寒、鼠疫、痢疾病原体，这是满州国日军 731 部队研发细菌弹所做的“临床试验”。东源哥全家、整个一村子人、麻沙一带闽北山区的千万居民，都受到鼠疫或其他疾病的感染，瘟疫传布快，偏僻山地完全没有医疗设备，因细菌弹传播疾病而死亡的人数到底有多少，至今没有确切的统计数字。浙赣战役有二十五万伤亡民众，应该不都是直接遭受炮火的结果。

日军不投掷细菌弹在主要战场及战线上，避免他们自己受感染，各式细菌弹集中投在战场外的闽北山区等地。他们熟读善用孙子兵法，遵行“不战而屈人之兵”的信条，不费一兵一卒便置大批中国人于死地！

东源哥仗着年轻抵抗力强，病了一阵子硬扛了过来。我们很幸运，住在麻沙一个空旷操场的舞台上，没有染上瘟疫，又健健康康地回到江西铅山县。

一拐一拐地领着学生跑步

父亲调职到《前线日报》工作，不久我们举家搬到赣东首府上饶市。上饶专区主任委员易伯伯，不让母亲闲下来，请她做上饶中正小学教务主任，校长是专区主委的夫人，易伯母的校长只挂个名，偶尔抽空来学校看看，母亲又是校内校外大小事务一把抓。我们兄弟在中正小学入学就读。

上饶是个都市，和我们从前居住的农村环境大不相同。这里的办公室有几盏电灯，射出来的光好强。哥哥说，不要直接去看那个电灯泡，看久了它就像太阳一样会照瞎你的眼睛。乡下点桐油灯，一根软软的灯芯泡在一小碟桐油里面，发出来的光只有那么一点点，多放几根灯芯它就亮很多，但是那样子烧油烧得太快。母亲禁止我们晚上在桐油灯旁边看书，说那样子眼睛会看坏掉，而且桐油灯点得太久，每个人的鼻孔里面会被熏黑。操场边上有一座水龙头，一打开它，水就哗哗地流出来。学校还有一台收音机，可以听广播节目。有时候听见爸爸在广播，念他在《前线日报》写的文章。

我们住的教职员宿舍，地方比从前宽敞讲究多了，窗户上糊了纸窗帘。我有自己的一张小床，靠床边的那面墙上有很多裂缝，我对每条裂缝都很熟悉。为什么？抗战时期疟疾病极为普遍，医药缺乏，病发了就躺在床上忽冷忽热的，过一阵子就自己好了；俗称“打摆子”。

我经常打摆子，一旦病了，母亲勒令我躺上两三天，猛喝水，床边放一只尿罐，小便就尿在床边的罐子里。发烧的时候昏昏睡去，噩梦不止。做过一个重复多次的梦：母亲带着我们兄弟在操场升旗台附近散步，台子的另一头转出来京戏装扮宽袍大袖的曹孟德，一张惨白的脸，撩起胡子来大喊：“来者通名！”我们不知所措，母亲紧抓住我们的手，还好每次在此时梦就醒了。

醒的时候呆呆地望着那面墙，看久了墙上的那许多裂缝，就慢慢地变成复杂的地图，两军交兵、峻岭河川；又化作山水风景，各式各样的人头、动物、武器；也常见几只小壁虎，黏在墙上一样动也不动，追吃虫子的时候爬得飞快，怎么就是不会掉下来？四周静悄悄。

生病时，白天睡得太多，夜里睡不着，就经常听见隔墙两位女老师在讲话，她们很要好，同睡在一张大床上。有时候她们大声吵架：“我对你不够好吗？”“你一直同那个女人又说又笑的是什么意思？”“我现在不想谈这些。”还不时听见隔壁传出来尖叫的声音。我问妈妈，她们为什么那么喜欢吵架？妈妈说因为她们要好。喔！要好就会天天吵架吗？小孩子不懂就不要再问了！父亲哈哈大笑着说：“等你长大一点再告诉你。”

我的级任老师是身材胖胖的朱老师，她的那套阴丹士林旗袍太小，处处被挤得鼓鼓胀胀的。朱老师总带着一脸笑容，她认为我是个好学生，因为我在课堂上用心听讲，老师问问题我第一个举手抢着答，而且回答的多数正确。譬如：山东省地图像什么？一只坐着休息的骆驼；江苏省是一名横握宝剑的武士、陕西省像伸出一只手臂的古装美女在跳舞；江西省呢？梳着个巴巴头老太太的侧脸，上饶就在老太太后脑的那坨圆头发髻子中间。算术更没问题，九九表记得烂熟、国音字母（注音符号）更是完全不在话下，发音正确。

在学校走廊上遇见朱老师，她会突然把我抱起来举得高高的，在我脸上亲一下说："好学生！"这可是我毕生的殊荣，因为自此以后，从小学到大学毕业，无论我读哪一间学校，都是好学校里调皮捣蛋的坏学生，没有老师对我有如是的肯定。有时候到朱老师的宿舍去混，她就住一间小屋子，里面放一张床，床边放了只白搪瓷马桶，一张小桌子，一把小椅子，那么胖的身子，她怎么坐得下那把椅子？

母亲一直走路不便，因为她两脚脚底都长了鸡眼。每隔一阵子，她洗完脚就坐在小板凳上挖鸡眼，挖得深了会血流不止，必须小心谨慎，那是件复杂的工程。孩子们通常咬住嘴唇紧张地在一旁观看，见到血了会尖叫，大惊小怪的反而造成她挖剪工作的困难，后来不准我们在旁边看了。

她是最负责任的教务主任，每天清晨在操场上率领住校学生跑步做早操。一双鸡眼脚怎么领头跑步呢？她吹哨子指挥，叫学生们围着她绕圈子或快或慢地跑，可是她小跑或快走还是挺辛苦的，就一拐一拐地每天在那儿硬撑。

穷到不堪的第三战区还要办文化活动，下令所属的各级学校都得出节目，但是不给经费。中正小学组织了一个合唱团，因为合唱团不用花钱，人到齐练练唱就行了。母亲是合唱团的当然指挥，因为当年她在北京女子高等师范大学念书的时候，曾经拜名师学过小提琴，现在指挥一个小学生合唱团，自然不在话下。苦于这间小学的设备几乎等于零，连一架风琴也没有，练唱时起个正确的音也困难。母亲从前的小提琴在逃难时丢了，幸好还留着一只调琴弦的定音器，是什么调子吹一下定音器就能定下来。

我们哥儿俩都太小，不能参加合唱团，他们练唱的时候就在一边听，每首曲子私底下都会唱了。重头歌曲当然就是抗战最流行的《黄河颂》，找来一位声音雄厚的男老师在歌唱中间念独白："啊！黄河——"很久以后才知道，正式演出《黄河颂》时需要有一支管弦乐团来伴奏，乐器演奏与合唱配合起来，声势竟然是非凡的雄伟，震撼人心。抗战时期的东南战区小学，一切因陋就简，到了应该管弦乐奏起的时分，母亲就随口唱出那段音乐来，并无歌词，她按照旋律高声地"嘟嘟嘟嘟嘟——"了一阵子，过门儿结束，大家齐声再唱起：

风在吼　马在啸

黄河在咆哮　黄河在咆哮

河西山岗万丈高　河东河北高粱熟了
万山丛中　抗日英雄真不少
青纱帐里　游击健儿逞英豪

端起了土枪洋枪　挥动着大刀长矛
保卫家乡　保卫黄河
保卫华北　保卫全中国！

从小时候到如今鬓发已苍苍，每次听了它，热血便止不住地为之沸腾起来。

只有合唱团的演出，节目就嫌单调了一些。父亲与好几个著名抗战话剧团过从密切，他出了个点子，找来话剧团的同事为我们排一出短剧。那出短剧名《希特勒与墨索里尼的悲哀》，这叫“活报剧”：以时事为本，编演短剧，有如一份报纸活了起来，谓之活报剧。

当时第二次世界大战的欧洲战场已接近尾声，轴心国快撑不下去了，爸爸就把欧战的时局发展编了一段：希特勒与墨索里尼，两个独裁者见面诉苦。事隔久远，那出短剧的内容已记不完备，不外是战事失利，两大魔头互相感叹吧！老爸是编剧，他的朋友当导演，选中的演员就是我们兄弟：我演希特勒，老哥是墨索里尼。

幼年记忆多以片断的形式此起彼落而来，我们老哥俩闲来无事，互通电邮简讯等，陈年往事就陡然如排山倒海般地前来报到。

当晚的演出是在一个空旷的露天广场的舞台上，那时已有少数美国盟军驻在上饶地区，他们提供发电机，将整个舞台照得比白天还亮，台下挤满了老乡，个个仰着头看节目，他们喜欢每个节目，反应热烈。母亲戴着银丝边眼镜，笔直地站在台上指挥《黄河颂》，好神气。到了伴奏过门儿，她又是“嘟嘟嘟嘟——”地唱起来，觉得有点那个，怎么办，我们就是没有乐器呀！

我穿上一套黑色小西装，上唇用墨抹了一块方形的黑色，算是希特勒的小胡子，哥哥戴一顶扁平怪帽子，两人你一句我一句地说台词，最后都跪在台上哀叫：我们要投降，末日来临了！如今回想起来，那个场景相当滑稽可笑。短剧一下子就演完，观众又笑又拍手的。大概是因为他们从没看过这玩意儿，两个小鬼装模作样扮成西方大魔头，很逗人开心。

爸爸讲评：“两个人都没忘台词不容易，怎么小方在台上老是瞎蹦乱跳的？也对，希特勒剩下来的日子不多了，可不就得跟猴子一样急得抓瞎！你们要好好地练嗓子，声音不够响亮，后面的观众听不见台词。金少山唱《草桥关》，他一出来念那几句定场诗，一个字一个字带着股子劲，都传到每个观众的耳朵里去。”“小孩子的声音就这么点大，”妈妈回了他一句，“他们又不是在唱京戏。”

生平第一次穿西装，永远难忘，觉得自己穿西装挺合适的。那套小西装是戏服，演完戏之后剧团就收回去了，以后我也没有再演过希特勒。

同学们，你们要给我发明个“电子弹”

城市小学的同学和鹅湖农家子弟不一样了，很少有像毛提摩太那样的土孩子。我班上有个女孩邹享娇，真叫美得没话说：圆溜溜的眼睛，肉皮嫩嫩的，头发烫得有一点弯曲，讲话的声音甭提多好听了。大家都穿土黄色的土布制服，邹享娇的制服料子不一样，又特别合身，看起来好舒服。她当然跟我很好，那时候我还算是好学生嘛！但也可能因为我是教务主任的儿子。

她还有个更漂亮的姐姐，邹享福，也在中正小学读书，比我们高两级。姐姐有一对细长的眼睛，笑起来变成迷人的两道弯弯的缝，瘦瘦的脸颊，短头发，身材修长，可爱死了。中午她们家用人来送饭，菜都很讲究，我在一旁发馋，邹姐姐有时就给我一口尝尝。她带着我们玩各种游戏，玩到家人来接她们了，在校门口等了许久，我们还是不肯停下来。回想起来我还是最喜欢邹姐姐，又说不清是为什么。

驻扎在附近的美国大兵，有时候在我们学校的操场放电影，他们用竹竿撑起来一张大白被单子当作银幕，一群老美在白被单子前看电影，又吃又喝又叫又笑的。附近的小孩也凑在一边看，那是我头一次见到这么神奇的玩意儿。放映的影片都是好莱坞的黑白电影，当然听不懂也不知道是什么故事。又发现如果到白被单的背面去，同样可以很清楚地看到电影。记得那部电影是一位男子和一位美女谈恋爱，两个人老是嘴对嘴的亲个好久好久，很烦人的。外国人就是这样，跟你要好的话就使劲啃嘴巴。

有一天晚上，做了个长梦，梦见跟邹姐姐要好起来，我们不停地嘴对嘴亲了好久，情绪十分亢奋，小鸡鸡一直在那儿作坚挺状。这是生平第一次的“意淫”经历。

离开上饶之前，邹家姊妹送了我一张他们的姊妹照；姐姐坐在桌前，略带忧郁地看着远方，妹妹的头靠在姐姐的旁边，浅浅地笑着，两人穿一个款式的洋装，照片后面写着祝福的话和她们的签名。经过了这么多年的离乱，我还留着这幅不曾褪色的黑白照片，美貌依旧，如何忘得了她们?

哥哥的同班纪同学家里真有钱，我们到他家玩过，客厅里有好几张沙发，坐下去会把你的屁股弹起来。没有大人在家，几个用人隔不一会儿就送上点零食来吃。纪同学说他爸爸从上海买来一台留声机，唱片摆上去，好听的音乐就出来了。女佣打开留声机的盖子，她用手指头掂起一张黑颜色的大唱片的边边，小心地放上去，说要特别注意，唱片很贵，上头不能沾到灰，要是沾上了油，整个唱片就毁了。她摇一只手把儿，摇到紧得转不动了，再扳动开关，大唱片很快地在旋转，仔细地把一个带着尖针的铁头翻过来，轻轻地放在转动中大唱片的边缘上，留声机的另一端有一只大喇叭，上面画了一只哈巴狗，音乐便从大喇叭中传出来，是个外国女人尖着嗓子唱歌，这东西太神奇了！

哥哥一直问这玩意儿的原理是什么，纪同学说是先进科学，中国人还搞不懂。上海不是被日本兵占领了吗，怎么还可以从上海买东西过来？纪同学说："那就看你有没有办法啰！""爸爸告诉我，美国海军舰队正准备开进黄浦江，收复上海，我们就快回老家了。"他提议："过两天我们去照相馆拍张照片吧！"

上饶市的街上有一家照相馆。早年的照相馆有很多机关布景设备，拍张照片是件大事，过程繁复。先选好布景，可以是一间豪华客厅，或是假山树木，山野湖泊；然后打灯光，摄影师安排被拍照的人或坐或站，应当做何种表情。照相机以三角架极具威严地矗立在面前，相机的顶端有一堆银灰色的粉末。但见摄影师权威地发号令：要这样不要那样，笑容自然一点，你笑起来怎么左脸是歪的？别作怪样子。在紧要关头停下来说扣子没扣好，快点扣上，难道你希望拍出一张衣冠不整的照片来吗？摄影师出其不意地按下快门，那堆银色粉末就在眼前轰然一声烧起来，一声巨响伴着火光一片，经验不足的人，多数都摆出一副惊恐失措的表情来，稍微能沉得住气的，便屏住呼吸呆如木鸡。再来一次？你的钱多到花不完吗！

拍出来的是一张三个人的全身照，我很不满意。纪同学和老哥并排站立，我因为个子比他们矮很多，安排站在后面的一个台阶上，两手分别扶着他们的肩头。都穿土布中山装衣裤，每个扣子扣得严严实实的。他们二人的表情都还算不错，我则是一脸紧绷，整个是惊慌错愕状，老哥说我那个样子像是刚拉屎拉在裤子里。最令我气馁的是，我那条裤子太短，裤管吊在一双布鞋上面好几寸高，赤脚没穿袜子的真相也露出来了，多不好看。那时候小男孩都不穿袜子的。纪同学穿的也是双布鞋，但是他的两只鞋头上，各包了一块黑色牛皮，硬是比别人帅。

那一年郭老师教四年级，是哥哥的级任导师。

有一天在晚餐桌上，哥哥神色凝重地问："什么是电子弹呀？"大家听了都为之一愣，爸爸说："不知道，你是从哪儿听来的？""郭老师今天讲的，她说美国已经发明了原子弹，同学们，你们要给我发明个电子弹呀！"老哥早已立志要当发明家、科学家，以后必须得发明个什么东西才行呀！

"喔！我只知道原子弹，电子弹是啥东西还没听说。"爸爸说，"这原子弹可是个厉害东西，据说只要它爆炸开了，周遭的任何东西立刻都烧成灰。远处没被烧到的就被辐射线照到，然后得各式各样的怪病。辐射线无影无踪，防不胜防。"他又说："如果美国赏几颗原子弹给日本吃，抗战说不定明天就结束，咱们马上回北平喽！"

老爸什么都知道，那时对他佩服透顶。多年后才明白，郭老师讲的电子弹自有她的道理：分析物质到细小的地步，有分子、原子；原子由质子、中子、电子构成，原子可以制成炸弹，下一步当然就该是电子弹了。但是电子弹到现在也还没发明出来。

郭老师不是物理学家，却是位脾气好、最关心同学的好老师。

哥哥说她真有耐心，班上有的同学算术不好，一道题目老是做不出来，郭老师就一遍一遍地同他讲，帮他演算。我们的妈妈可没那个耐心，做错了题目最轻的是先臭训一顿："上课不专心，连题目都看错，做错了的罚重做。"

我们也曾向爸爸抱怨，说妈妈为什么不能跟郭老师一样，小声地跟同学讲话，教他们怎么做题目，那多好哇！爸爸就眯起眼睛来，从眼镜上端看着远方，说："啊！郭老师，她年轻，年轻就是美呀！"

其实郭老师的妹妹更年轻，她在中正小学教音乐，唱歌的声音好听，也越来越好看了。从麻沙来的东源哥也在学校里工作。东源哥老是跟在小郭老师后面转。

"你妈不是没耐心，她忙不过来，当教务主任一天要张罗多少事儿哟！身体又不好，天天睡眠不足，脚板底下的鸡眼又疼，自己不乖母亲说你们两句又打什么紧呢？挨骂不疼，男孩子不挨骂不挨打长大了就会没出息。你爷爷当年可没少揍过我，有时候那条门闩也上来了！"

"门闩打上去会不会很疼？""不知道，从来没让他给打到过，要躲得快。你爷爷的脾气和暴风雨似的，狂风暴雨响雷一块儿来到，最好的办法是溜到外边去逛街，一个钟头之后再回来，风平浪静。要是哪一天你们把我真的气坏了，我就来个‘武力帮忙’，狠狠地揍你们一顿。”“不要用门闩噢！”爸爸嘿嘿嘿地笑着，就举起那根上面刻着“挥杖横扫五千军”的竹杖来说：“用这个怎么样？”从小到大，他怒吼连连的场面不计其数，武力帮忙好像一直没有用上。

暑假时分，中正小学冷冷清清的。没有什么暑期作业，每日在学校附近闲逛，结识了几个街头小孩，在操场上比赛丢石块，看谁丢得远，通常我比他们差得很多。后来母亲禁止我到外面和“野孩子”玩，因为每次都玩到一身脏，而且忘了回家吃饭。

那天清晨我醒得很早，睡眼蒙眬地看见帐子外面贴了张纸条，起来一看，上面有母亲写的几个字：“日本无条件投降，抗战胜利了！”我陡然跃起，穿上衣服去找大人，父母亲搂在一起面对面地熟睡，母亲的头枕在爸爸的胳臂上。我老有个问题：头那样子放在胳臂上睡一个晚上，胳臂会不会发麻？而且爸爸每晚都鼾声如雷，这样面对面怎么睡得着，所以妈妈总是睡眠不足。可是我总是忘记了问他们。

都在睡觉，隔壁的两位女老师也没动静，只听见她们轻微的呼吸声。我独自在空无一人的操场上走，一路踢着石子。很无聊，又回到屋子里。父亲已经去上班，教职员宿舍的人声多了起来，都兴奋地在谈昨天日本天皇宣布无条件投降的事，每个人都准备回老家去了，中正小学还会继续办下去吗?

妈妈说："昨天听到抗战胜利的消息，你们兄弟已经睡着了，就写了张字条贴在你们帐子上。"我说："是我第一个发现字条的！"

晚上我们去上饶专员公署官邸参加抗战胜利庆祝晚会。张灯结彩人挤人的好热闹，有很多好吃的东西可以随便拿。晚会里有几十个高大的美国军人，喝着洋铁罐装的饮料，一罐接一罐地，母亲说他们喝的是洋啤酒。美国大兵的动作大，讲话声音响，他们在唱歌，调子挺怪的，哪里比得上我们中正小学合唱团唱的《黄河颂》？

有个大老美拿来一支长枪，装上颗粗子弹朝着天空放枪，轰的一声耳朵都快给震聋了，放出去的子弹带着一束光，一直冲到天上去，然后它又清脆地再爆炸，一大片烟火在黑夜里散开，大家齐声欢呼鼓掌，小孩子们尖叫不止。

3

回家的路上走了一年

1945年乘船归故里，顺江而下到杭州

顺流而下归故里

中正小学的许多老师和学生，都急着要回老家去。父亲是派往浙江接收队伍的成员，头一个离开江西上饶。我们要等他接收工作完了之后，再一同北上。

记得一天晚上，爸爸突然回家了，一脸疲惫，连军装上斜皮带上都是灰尘，但还是兴致勃勃不停地和我们讲接收的事。然后他从行李中拿出一把日本军刀来，慢慢抽刀出鞘，刀刃很长略作弯曲，亮晶晶阴森森的。父亲双手握住长长的刀柄，上下左右挥舞，刀刃儿薄得像片纸，挥出去就发出飕飕的声音，又迈步向前，做举刀朝下砍的动作，还喊着:嘿嘿嘿！太少见了，爸爸还会耍刀？

“孩子们，没见过这玩意儿吧！”爸爸说，“这是佐藤大佐送给我的私人礼物。”

佐藤是某日本机构的首长，父亲前往接收，他们有两个星期的共处，彼此欣赏。父亲说："人家工作忒认真，交出来的人员名册、物资清单，一笔笔的都清清楚楚。佐藤念过些古文，程度还不错，他说自己从小就尊奉儒学。"

"爸，您会说日本话，还是他能讲中文？"

"都不会，我们笔谈，你一句我一句地写着，没大问题，但是要用文言文。所以说你们哥儿俩得用心学文言文，将来到了日本就行得通了。"

"他为什么送军刀给您，"哥哥问，"日本军人不是很看重他们的军刀吗？"

"啊！前天晚上他为我饯行，我们喝了不少日本清酒。"

"就是要找机会灌酒，"母亲在一旁评论，"好酒贪杯，耽误多少事！"

"日本清酒喝起来挺顺口，他们说喝过头了会醒不过来的。我们越喝话越多，一下子就写了几十张纸。我问他：尔等八年侵华，烧杀无辜，无以数计，子曰：己所不欲，勿施于人！汝本儒生，当何以自省？佐藤看了看我问的，沉默好一阵子，站起来整理了下服装，嘴里嘟囔几句，朝着我慢慢地鞠了一躬。"

“那是什么意思？”我们不懂。

“然后他坐下来，提笔挥毫写了一句：‘小子鸣鼓而攻之可也。’互相看了一会儿，我们就大笑起来。再喝下去神志就不十分清醒了，最后他坚持送军刀给我，我说自己不是军人，大佐与刀应形影不离。他写道：‘败军之将，不再言武。’”

母亲下令：军刀是危险兵器，小孩子不许碰它。哪里管得住我呢？私下里我偷偷仔细观察佐藤军刀多次，刀把足有一尺半长，用漂亮的金色穗子层层裹得整齐，空隙处见到两个汉字：佐藤。刀口飞薄的，刀刃有某处缺了米粒般大小的口子，刀尖附近的色泽隐隐发暗。有人告诉我，刀上的血渍如果不立刻擦干净，刀刃的颜色就变黑。试着挥了两下子，实在太重。

我们的初步回乡计划：从上饶往南行，到浙江金华等船，沿江顺流而下，几天以后到杭州，再想办法去上海，搭轮船去天津；到了天津就方便了，北平天津之间有火车。抗战胜利后的中国满目疮痍，交通路线与交通工具都残破不全，数千万人同时争先恐后地等着回老家，行路难。

正待出发的那天早晨，郭老师跑着来到我们家，一见面就抱着妈妈号啕大哭，听不清她在说什么。她拿出一封信给母亲看，然后破口大骂东源哥 :“我早就看出来那个麻沙来的小子不怀好意，他根本不是个好东西！”

听了半天才闹清楚，小郭老师和东源哥一块儿私奔了，只留了一封信给郭老师，信里没有说他们去哪里，也不必找他们，等安顿下来就会跟姐姐联系。郭老师受不了这个，又担心妹妹得要死，说她妹妹其实什么都不懂，根本不会照顾自己，有时候还会忘记吃饭，在外面一定会被人骗。妈妈劝了她好久，郭老师才不哭了。爸爸说 :“女孩子长大都自己有主意了，不用太担心，他们会很好的。你看东源从麻沙过来这两年，进步多快，他喜欢看书，交给他办的事，都负责任的办得挺好呀！东源这孩子其实不错……”

郭老师不能忍受听到东源这两个字，她马上反应激烈地说 :“他欺骗我们，拐走了我妹妹，她还不满十八岁——”

在金华登上一艘老船，满满的载上十来名乘客，它就像国画里面的船，上面罩着半圆形的乌篷，船中竖起一支高高的杆子，用来挂帆。起风的时候，升起那张钉满了补丁、脏兮兮灰扑扑的大布帆，船老大叼着根短旱烟斗，笑眯眯地掌舵，船就顺着风朝前快走。他太太忙着洗菜做饭，招呼全船人的三餐，还有个女儿，前前后后勤快地帮妈妈做事。母亲旁观了一阵子，对这女孩称赞有加："女儿就是贴心，你看她才多大呀！有条有理的，用过的东西整整齐齐放在原来的地方。"这是在对我们哥儿俩找机会进行教育呢！

船身不宽，乘客多，活动的空间很小，这趟旅程要走好几天，小孩子憋在里面甭提多难受了。很羡慕船老大的女儿，她可以里里外外地走来走去，还能在很窄的船沿上赤着脚小跑，有时船身摇摆得很凶，她走在上面硬是不会摔下去。船上的饭菜好吃，新鲜的鱼虾，还有鳖鱼汤。这几天爸爸可就受罪了，他的名言是：

"蟹不如虾、虾不如鱼、鱼不如鸡、鸡不如肉、肉不如大肥肉。"

梁山泊好汉到了江南鱼米之乡，肯定也会有此感叹！

若遇到逆风或没有风的时候，船老大就累惨了，他一个人在后面摇橹，摇得满头大汗，船还是走得很慢。好几次船停在岸边，船老大上岸去了一会儿，回来向大家说："下一段不好走，安排好了纤夫来拉纤，对不起要收点钱。"一下子岸上来了十几位壮汉，七嘴八舌地讲了一阵，然后每人把粗绳子套在肩膀上，齐步拖着船走，他们还唱起歌来，船就走得相当快了。

经过一段江水，水位降得很低，我们的船人多货重，听见不断有石头碰撞擦蹭的声音，船的底板已经接触到河底的石子了。船老大向大家保证："不会有事的，今年的雨下得不够，江水浅，没有关系，更浅的水都过得去，我拜水龙王拜了几十年，龙王爷保佑我旅途平安，一年比一年发。"船底嘣嘣的一直在响，母亲抓住我们的手，脸色沉重，她嘴唇在动，默默地念着什么。

船停在一个码头一整天没动，附近还有好多船也停在那里。好多乘客都下船到岸边走来走去，还有个年轻人跑到附近的村庄买了水果什么的回来，船还是不开。船老大说我们要等那艘机器船来，搭一条绳子在机器船上拖着走，半夜开船，第二天早上我们就到杭州了。船老大又向每家收钱，妈妈抱怨，这次收的比每次付拉纤的多得太多，老爸叹了口气。傍晚时听见远处传来嗒嗒嗒嗒的声音，机器船到了，外面的人声嘈杂，天色已暗，我什么也看不见。

第二天清晨起得早，嗒嗒嗒嗒的机器声一直很规律地在响着，我走到船头，船老大的女儿一个人坐在那儿，呆呆地望着前方。我问："你在干什么？"她指了指前方，我看到前方有一艘普通的小船，还没有我们这艘的一半长短，船尾装了一台机器，发出雄厚的嗒嗒声，就是那台机器拖着我们这艘船往前走。我们的船头绑了一根绳子，接过去牢牢地拴在机器船的船尾上。她向四周指了一下，不得了，前前后后有几十条跟我们大小差不多的船只，都连了一根绳子到机器船的船尾上，机器船拖着所有的船去杭州！我说："这只小船力气真的有那么大呀！"船老大女儿浅浅地对我笑，她那天早晨好漂亮，可能听不懂我讲什么，她讲金华话。

杭州的码头好大呀！各式各样的船都有，转眼之间过来一艘大轮船，足足有好几层楼高，默默地从我们面前过去，它忽然拉起汽笛，好长的一声，响得半死。

爸爸雇了三辆黄包车，大人各带一个小孩坐一辆，还有一辆拉行李。我头一次坐黄包车，两只轮子又高又大，车夫在前面端起把手来，大步往前跑，坐在后面就像悬空似的在路上飘。大都市杭州热闹繁华，为什么大白天街边的店铺要开着电灯？一转弯，对面一座楼闪烁着一明一亮的霓虹灯，我从黄包车的座位上兴奋地跳了起来说："好漂亮哟！那是什么？"父亲摇头笑起来："真是个乡巴佬进城耶！"

父亲带我们去吃馆子，我们哥儿俩生平头一次上餐馆，爸爸说顺利到了回乡的第一站，小孩子可以点一道自已喜欢的菜。记不得其他人点了什么，我看菜单看了很久，主要是因为上面还有好几个字不认得，我点了“鱼头豆腐”。妈妈说这道菜点得好，老爸摇头 :“怎么已经下船了还得吃鱼？”

西湖边上读小小说

原定计划：在杭州小住几天，然后搭火车去上海，乘轮船去天津。但是在杭州持同样想法的大概有几十万人或更多，多数都上不了火车，我们就在杭州找地方住下来。地址是：杭州市惠心路 ×× 巷一弄一号三楼。

那一层楼住了好几家人，一对年轻广东夫妇，先生姓邝，讲着广东音很重的国语，他说只有广东人才有这个姓，姓邝的是广东人带着耳朵，最有耐心听别人讲话。他太太名叫野萍，野萍阿姨很会喝酒，常常听见她关上门对她先生吼叫，妈妈说她真够野的，我们就叫她野阿姨。

对门住的是张阿姨，山东人，她只会说家乡话，带着一个小女儿叫小妹儿，比我小三岁。张阿姨头一次见到我们就说：“远亲不如近邻，近邻不如对门。”经常不请自到，笑容满面地说：“王太太，你穆（没）事吧！穆事俺就来同你拉聒（闲聊）。”妈妈在山东工作过，两人拉起聒来没完，想念青岛、济南。张小妹儿最喜欢跟着两个大男孩的后头当跟屁虫。

三家人都暂时住在这里等机会买到票回老家，没料到这个等待时期非常长，张阿姨半年后离开，我们在惠心路一共住了九个月。爸爸仍有军职在身，抵达杭州不久上级派有任务，搭军车先去上海，之后到了北平。九个月内他回来杭州两次，最后才安排好我们去北平。

学校已经开学，母亲没有安排我们在杭州上学的打算，哥儿俩闲在家里每天胡混，很久没碰书本了，不是个道理，母亲说这样下去岂不成了野孩子？规定早上磨墨写大楷，磨墨是一个考验耐心的过程，墨磨得不好，字一定写得浓淡不匀的，怎么能看呢？大楷是临摹颜真卿的《麻姑仙坛记》，每人每天至少写三大张。母亲说，学写字开始一定要学颜真卿，他的字大方、中规中矩、气派雄伟、格局宽宏、笔触强劲。柳公权的字也好，但是一般人会学偏了，写出那种看来漂亮的俗气字，赵孟頫的字绝对学不得。

母亲的书法远近知名，写的字气势磅礴，毫无闺阁气。上饶小学大门口的横幅，“中正小学”四个字，是母亲写的魏碑体。现在她来督导我们两人写字，当然是要求严格一丝不苟地把着手教。我素来飞扬浮躁，最适合做的事就是到外面去和“野孩子”们胡闹，如今要静坐桌前，手执一根墨棒，缓缓地在砚台上磨，真是种无比的煎熬！还用问？几个月下来我的大楷没什么进步，偶尔有一两个字写得还可以，母亲就用红笔在上头圈个小圈子，但多数都是横不平竖不直的，自己看了也生气。

老哥的大楷可是越写越好。后来他用超大的毛笔写了一幅横匾：“我爱中华”，下款是“十龄童王正中”。这幅匾送给了杭州的中华书局，人家很重视，就在书店某个显眼的地方挂了起来，一抬头就看得到，神气吧！我在杭州练大楷唯一的心得是把《麻姑仙坛记》字帖看懂了，而且都记住了。

麻姑本名王方平，故事发生在抚州南城县。母亲说，抚州就在江西省，南城是我们去过的地方。古时候当地有位富翁蔡经，一直毕恭毕敬地供养麻姑，后来蔡经发现麻姑的手长得像只鸟爪，他在心中暗念：“以此扒背，乃佳也。”可是人家麻姑是神仙，早就知道蔡经的心中在转什么鬼念头，立刻翻脸，命令天兵天将用鞭子把蔡经痛打一顿，老蔡惨遭修理。我觉得蔡经想得没错呀！

手爪子长得跟鸟爪一样，可不就该用来挠痒痒扒背，那才叫舒服哩！

母亲常常带我们去杭州中华书局看书，每次都买几本书回来。最喜欢看的书是一本连一本薄薄的“小小说”，内容是从不同古典章回小说中摘节下来一篇篇的原文故事，每本都有个彩色封面，字体大，没有标点符号。母亲带着我们去西湖边的湖滨公园，坐在湖滨路旁的椅子上慢慢读小小说，那时候我们阅读文言文的能力还不怎么够，遇到难懂的地方，她稍作解释。读完一遍之后，我们抢着自己再看一遍或多遍。咱哥儿俩的文言文，先从听开始，再做文字阅读，打下了点儿基础。

母亲选的很多是《精忠说岳》的片段，“朱仙镇”“黄天荡”“风波亭”“疯僧骂秦”等。西湖风景中有岳王坟、岳王庙，我们曾去过多次，做过实地考察。岳飞的坟是一个半圆形大土堆，他儿子岳云，就是那位惯使两把大锤的勇将，他的坟是后侧方的小圆土堆。父亲说这两座坟是后人为纪念他们盖的，坟堆里面大概什么也没有，因为岳飞父子被皇帝下令处死，行刑之后就丢在乱葬岗子里去了，谁敢替他们办后事？岳飞遇害年三十九，岳云还不到二十岁，都是虚岁。岳王坟的旁边有两个铜像，一对男女低下头作忏悔状，两只手背缚在后，他们是秦桧夫妇，经过的游客就朝着他们吐痰、小便，脏兮兮的看着特别恶心。父亲说这种搞法实在很阿Q,可是历代的中国人就是这个样子。“什么是阿Q呀？”爸爸同我们讲了一大篇阿Q的故事，说鲁迅写的东西真够“损”，但是看着过瘾，迷死人的。

母亲也选过好几本从《西游记》节录下来的小小说，《东周列国志》《隋唐演义》我们也读过一部分，可是母亲从来没选过《红楼梦》《三国演义》中的故事，一定有她的原因。后来听人说：“少不看红楼，老不读三国。”因为《红楼梦》里有不少性爱的场景，年轻人看了就会心生邪淫，耽误正经事。《三国演义》中充满了谋略算计，老了就应该心平气和地颐养天年，别再多动歪主意了。

受过小小说的启发，我对中国古典小说的兴趣浓厚。记得是在某年的暑假，闲到发慌，一口气把四大古典名著都看完了，有似懂非懂的地方，像《红楼梦》里的大篇诗词，就跳过去先看下面的。但是可以保证，我青少年时代的大量邪思淫欲，绝非来自《红楼梦》；如今垂垂老去，歪主意仍不断，也都和《三国演义》没有啥关系。

我们的瘌痢头并没有因为抗战胜利而有所好转，头上还是东一块西一撮的，颜色发白，有的流脓流血，既难看又难受。爸爸参与接收工作，认识不少日本军方的人，他找到一位还留在杭州等待遣送回国的日本军医，是位皮肤科专家。那位军医瘦小和蔼，留着一小撮仁丹胡子，基本上不会说中国话。他看了看我们哥儿俩的脑袋，笑眯眯的以手做抓头状，说："痒，很痒？"当然痒，一直都在痒。日本军医给了一瓶药水，上面有"甘露"两个字，一天要擦两次。

这个"甘露"可不是开玩笑的，涂在瘌痢头上就像是烧起火来那么疼！母亲每次给我们上药，兄弟二人就止不住满地打滚地鬼哭神号起来，频频呼叫："甘露呀唉！甘露呀唉！"擦甘露的后果是将头皮烧到一层层脱落，头上总会泛起来此起彼落的黄褐色废皮来，那个模样实在相当抱歉。

惠心路距离西湖不远，从我们的住处散步过去，一下子就到了湖滨路，清晨时分湖边的空气新鲜，湖滨路上有不少人在逛，只要天气好，我们一定每天去湖滨路走走。那条路很长，种了一棵接一棵的树，树下有各式花草，杭州市没有经过激烈战争的破坏，胜利后的都市环境还很漂亮。

有一次我们看见几个年轻人带了一支鸟枪，来来回回地在树下张望，讲着杭州话，但是看得出来他们在找哪儿有鸟。一株树上有个鸟巢，几个人就兴奋地压低嗓门儿，选了个角度，一个高个子举枪瞄准了很久，老不扣扳机，我们在旁边屏住呼吸，看得很紧张。“砰！”的一声开枪了，鸟巢里有一只大鸟叫着飞出来，巢里面有好几只小鸟在叽叽喳喳地吵。高个子又装子弹，大概预备再放一枪，大鸟已经飞远了，他要打不会飞的小鸟？不知道为什么，那时我突然冲过去扯住高个子的手臂，说：“你不要再打了，不要开枪打它们了！”

几个年轻人觉得奇怪，眼前这个小孩子高度还到不了那个高个儿的腰，怎么就过来拉拉扯扯的？他们互相看了看，讲几句调侃的话，同时放声地笑起来，我还是扯住那大高个儿的袖子不放，继续要求他别打鸟了。再说了两句，便止不住的哭声连连起来，像小孩子耍赖。母亲也过来劝他们不要射杀公园里的鸟，几个年轻人摆出不逊的样子，摇摇头，晃到湖滨路的另外一头去了。

母亲夸奖我，说：“小方今天见义勇为，只是太爱哭，好好的同他们讲不就得了嘛！”老哥一直嘲笑我遇到一点事就哭，上辈子可能是个雨神，不对，是站在雨神旁边捧夜壶的童子，所以常常尿床。

我后来做了分析，那天哭是因为害怕，他们的块头那么大，要是惹火了动起粗来，我可不就跟《麻姑仙坛记》里面的蔡经一样，只有挨打的份儿？这件湖滨救鸟事件，在我们家经常被提起，多年后老哥作了结语，曰："见义勇为护幼鸟，涕泗横流是小方"，我也有五言句："仗义护幼鸟，区区一小方"。

后记

数十年后我又去了一次杭州，行程比较悠闲，安排半天的时间游西湖。想去哪里？去湖滨公园看看就好，陪同为之一愣：湖滨公园也算个景点？湖滨路都铺上了水泥，一眼望去是长长的、白惨惨的路，不见一株花草，燥热难当，路边的树还在，个个垂头丧气像是困在当处，作无奈的凭吊。眺望湖水，灰蒙蒙一片混浊，耳目为之窒息。

昔日的西湖有我们逝去的童年，又何必去寻找，反正永远找不到，也回不来的了。坐在那儿生了半个多小时的闷气，陪同走过来轻声问："王先生——"

小妹儿丢了·大表姐来了·野阿姨醉了

隔壁的张阿姨来我们家串门子更勤快了，她和母亲谈的多半是怀疑她丈夫：去山东济南几个月，就没接过几封他的信，八成是跟他老家的那口子在一起，还是又找了个年轻的，忘了她和小妹儿。说着说着就拿出手绢儿来擤鼻涕，是声音很响的那种擤法。妈妈在一旁陪着叹气，安慰几句。最后张阿姨总是要哼起《秋水伊人》那首歌来："望穿秋水，不见伊人的倩影——"山东腔很重，还会走音。母亲有时候也跟着唱，唱完了一天的心情都不好。

张小妹儿喜欢跟我们在屋子里转来转去的。写大楷之前的磨墨工作，就派小妹儿坐在那里替我慢慢地磨，墨汁洒出来一点，还教训她几句。铺开报纸写字，小妹儿双手支着下颚在那儿专注地看，写完一个字她就会问："这个字叫什么？""这个字念麻。"

她就跟着念，念错了还骂她笨，我不是一个好老师。后来她也能认下来好多个字了。

多年前世界上最大的游轮“铁达尼号”触礁沉没，淹死了好多人。我们兄弟就把这件铁达尼沉船编成了戏，在家里排演“沉船记”。铁达尼上的人很多，张小妹也参加演出，我们一会儿扮演船长、水手、乘客，撞船的时候东倒西歪，掉到海里去喊救命，被救起来在小船上吐水……情节甚多，一面排演一面添加剧情，三个人疯得怪叫不已。最喜欢的部分是获救的人吐水，含了半口水做半昏厥状，吐出水来再倒下去，乐不可支，蠢兮兮的不断重复同样的动作。大人发现我们把房间里弄得到处是水，一阵痛骂，责令用扫把抹布把整个房间做彻底打扫，我们在拖地板的时候，又编了好多场戏，玩得又开心又累。

一天傍晚我们走回家去，看见张阿姨站在门口，双眼发呆，垂着肩膀很沮丧的样子。母亲同她打招呼：“大老晚的了，回屋去吧！吃了吗？”“小妹儿丢了！”张阿姨的声音低哑，然后止不住地饮泣。“丢了？什么时候丢的，在哪里丢的，赶快多叫人帮着去找哇！”

张小妹儿三天前晚上就发高烧，躺在床上胡言乱语的，到今天早上烧还没退。张阿姨的朋友介绍了位中医,说那可是位神医,找他来看病比较贵,但是一服药下去病保证就好。神医给小妹儿号了号脉,开了一服药。小妹儿喝下头一盅药就昏迷过去再没醒过来,去找那个鬼大夫,神医早跑了。小妹儿是今天下午走的。张阿姨说:“俺好不容易才拉拔大这闺女,现在就这么把她给丢了。”她趴在母亲的肩上,边说边哭着。

张小妹穿着漂亮衣服躺在她的床上,像睡着了一样,她光着脚没穿鞋袜。张阿姨坐在床边,不再哭了,两眼直挺挺地望着小妹儿,然后缓缓地低下身子,亲了一下小妹儿的脚趾头。

妈妈有一天宣布:“大表姐要来杭州了!”“谁呀?”“就是你南城四舅的女儿呀!上回我们去南城她不在,这次她专门从南昌过来看我,头一次见到大表姐,你们可得有礼貌。”

大表姐出现在门口:圆圆的脸,一双大眼睛,皮肤晒得黝黑,双颊红扑扑的,阳光灿烂地笑起来,个子不高,穿合身的军装,头发剪得很短,罩在那顶大军帽底下。她大声喊着:“大姑啊!”母亲惊喜,就以江西话同她忘我地对话了很久,然后发现我们哥儿俩傻乎乎地站在一旁呆望,才开始用国语交谈。大表姐的江西口音比妈妈还重，不过她的声音轻柔细嫩，听着特别顺耳。

大表姐可帅着咧！她刚刚在南昌受完入伍训练，趁着有几天假，搭上军车到杭州来看大姑。抗战已经胜利了，怎么还去当兵呢？响应蒋委员长的号召，十万青年十万军嘛！胜利前几个月报名入伍的，现在已经编入陆军第 20×师，要调到哪里去都还不知道，听说是去东北。母亲很不放心，频频地问：听说东北快要打仗了耶，女孩子在部队里干什么，难道也要扛着枪上第一线？你还没满二十岁呢！

“大姑别担心，部队的同志都对我很好，虽然生活比在家里苦一点，但我们互相照顾，过得还不错。女兵不用上第一线，做文化宣传工作。”“大表姐你放过枪吗？”“当然放过，好多次呢！青年军的装备最好，大家都要通过射击训练。我打得还蛮准的。”“放枪好响，会不会害怕？”“怕声音太响可以在耳朵里塞坨棉花，最要注意的是放枪以后的后坐力，搞不好会把肩窝给撞得又青又紫的。”“什么是后坐力呀？”

大表姐知道的事真多，她很有耐心地同我们讲部队里好玩的事、南昌乡下的水果都有些什么。最喜欢听她讲外国童话故事：白雪公主和七矮人，吃一颗有毒的苹果会昏过去、《仙履奇缘》（大陆又译《灰姑娘》)，被后母虐待的漂亮女孩子，参加舞会，半夜十二点，马车快变回南瓜了，紧张地快跑，丢了一只玻璃高跟鞋。她学《绿野仙踪》里的狮子，那个假装勇敢的傻瓜样子，好好笑。我们听得入迷。

抗战时期在江西的乡下成长，任何书本都得来不易，听大人说话，是我们摄取知识的主要来源。爸爸讲的多半是《三国演义》《水浒传》的段子，母亲正儿八经地念小小说，念完了我们得好好去读，下一次她要抽考，千万不能念白字。有次我把“泣”字读成了“拉”，马谡念成马继，除了被教训，还让哥哥嘲笑了半辈子。我们从来就没听说过有儿童读物、西洋童话，专门为小孩子写的书？大表姐住在大都市南昌城，见识当然广，她小时候一定读过好多童话书，又那么轻声细语地讲一个个美美的西洋故事，我们爱她爱得要命。

母亲交下任务，我们带大表姐游西湖十景。那么多的景点，几天怎么跑得完？其实是老母每天被我们烦死，她信得过大表姐，就把带小孩的工作交给侄女，暂时轻松几天。母亲不断地警告，不准乱买路边的零食吃。大表姐换上普通衣服，更加好看。同她出游太愉快了，随着我们的意思乱玩，只要别走丢了就好。想死了买一只棒冰吃，怂恿了许久，大表姐就是不肯，说大姑交代的话是法律，我们曹家的家规：长姐如母，连我爸爸也要听大姑的。

大表姐只在我们那里住了五天，又穿上军装拎着军用包，回南昌师部报到去。我这个雨神身旁捧夜壶的童子，临别时止不住又失声痛哭起来。大表姐说，部队调到北方，有空就去北平看你们。后来我们去了北平，一直没有大表姐的消息。

她离开之后，我们还不停地谈大表姐。母亲说，你四舅很封建，就想有个儿子，可是你四舅母生不出儿子来，舅母年纪也大了，四舅大概是要再娶一房。这件事大表姐非常反对，所以她们父女间的感情不太好。

爸爸回到杭州，不停地跟我们讲北平，说："北平可是个有规格的城市，方方正正的走到哪儿东南西北都清楚，所以它才配做八百年的中国古都。你问北京老太太剪刀放在哪儿，她会说，在东边那个柜子靠北的抽屉里。江南的都市个个弯弯曲曲，小弄堂多；北平也有小弄堂，叫胡同，进了胡同也闹不清方向了。咱们过一阵子就去北京，不，现在叫北平。到了那儿你们俩的国语可得给我注意着，该卷舌的地方、轻声、儿化韵都不能马虎，北京的小孩儿厉害着呢！听出你说话带口音，就拐着弯儿损你。""怎么个损法？”

“我从河北老家去北平念北师大附属中学，住在永定门附近。同学们听出来我有乡下口音，就冲着我叫：喂！村儿里来的，永屁股门儿那边下雨了吗？”听不懂。“北方农村老百姓的话，屁股叫腚，永定门可不就是得叫永屁股门了吗？”我们兄弟俩在那一阵子努力练北京口音，还不时纠正妈妈的江西腔。

隔壁邝叔叔知道爸爸到家了，叫了一桌子菜请我们过去吃饭。邝叔叔喜欢听爸爸讲笑话，他对北方发生的事情最有兴趣；野阿姨爱跟父亲喝酒，过去他们拼起酒来你一杯我一杯，胡说八道的很热闹。这回说要替我们饯行，叫的菜特别多，一半都有大块的肉。爸爸喝了酒话一定多：“我有一个谜语：日本无条件投降，打古代人名一。”

邝叔叔想了一会儿，放弃。“答案有两个：屈原、苏武。屈原是指日本屈服于美国的原子弹，苏武是说苏联出兵中国东北。其实用苏武做谜底显牵强，苏联红军趁着我们这边来不及接收，乘人之危，急着过来要抢东北的领土和资源。回答不同谜底的人，代表各自的政治立场：答屈原的赞成国民党，说苏武的拥护共产党。唉！国共两边肯定要打起来的。日本惨败，咱们这边是惨胜，接着还自相残杀。老蒋究竟要怎样呢？还要不要咱们老百姓了哟！”

妈妈不断地瞪他，拦不住老爸的随性乱讲话。“小邝他们又不是外人，关上门儿喝酒发发牢骚碍着谁了呀？”野阿姨喝了三杯，她酒兴上来了，不停地要同爸爸干杯。她开始叫爸爸干爹，父亲连说不敢，但是论年纪他也勉强够格。野阿姨要求父亲照顾干女儿，给她改名字，把那个野字去掉。“野字挺好的呀！我们汉人就是不够野，真的能野起来哪个帝国主义敢欺负我们？”

一顿饭吃了很久，野阿姨的声音越来越大，动作也大，砸碎了两只杯子。邝叔叔先是好好劝她，无效。后两个人彼此以广东话大声吵，父亲讲笑话，想缓和气氛：“我在《前线日报》上班，隔壁同事是广东人，我怀疑他有外遇，而且我知道他那个外遇的名字叫彬，因为他每次接电话都说：彬妹呀！”（粤语：宾位，哪一位）没人笑，邝氏夫妇越吵越烈，我们一家四口匆匆离席。

好奇心重，我频频地去邝家偷听偷看。里面有摔东西的声音，野阿姨尖叫，邝叔叔怒吼，然后邝叔叔用力甩门出去了。我慢慢推开他们家的门，进去瞄一下现在怎么样了。屋子里砸得一团乱，野阿姨躺在床上呻吟，嘴角有白沫。走向前去，野阿姨说：“小方啊！我好热，胸口好热。"我站在那儿发傻。"你去厨房哟！——拿那块豆腐来。"厨房真的有一碟子新鲜豆腐，拿过去交给了她。野阿姨就解开上衣，露出奶奶来，把豆腐都倒在胸口上说："噢！现在才凉快喽！"

我回去做现场报告，爸爸的眉毛扬起，若无其事地慢慢蹭到隔壁，我也跟了进去。野阿姨还躺在那里，继续哼呀嘿的！大概觉察到有不同的脚步声，她抓过件衣服来，把胸口上的豆腐什么的都盖住了。事后老哥分析：那天野阿姨其实并没有醉得很厉害。

三天后我们坐火车去了上海。

后记

几年后妈妈带着我们在台北市逛南昌街，听见不远处有一男一女以纯正的南昌话交谈，母亲驻足不肯走了，四处张望着，一定要找到说南昌话的人。然后听见了身后有尖声呼叫："大姑啊！"大表姐抱着个小女婴，身边站着一位高大英俊的男士。姑姑侄女重逢的场面极为戏剧化。大表姐和她丈夫随着部队撤来台湾，退伍之后就住在台北市附近，他们的小女儿已经一岁了。自此后，大表姐一家是我们数十年在台湾来往最密切的亲戚。

一九四九年前后，由大陆去台湾的外省人，总数超过了两百万。早年走在台北市的南昌街上，不时会听见有人讲南昌话，当然还听到其他地方的方言。

大表姐入伍前

大表姐入伍后
摄于1945年

很多亲戚，还有五个姐姐

父亲早一天去了上海，先到那边安排住处，买船票。我们兴奋地帮着母亲打包、搬东西，匆匆吃简单的午饭，妈妈有心事，几次要开口说话，欲言又止。我说："妈，我昨天没尿床呀！"她放下筷子，顿了一下，很郑重地说："本来早就要告诉你们，在北平你们还有五个姐姐。"

刹那间，哥儿俩就呆在当处。我这老哥发傻的样子是上唇微翘，嘴巴半张，朝外哈气的声音几乎可以听到，够呆的。五个姐姐，都多大了，念哪间学校，她们有大表姐那么漂亮吗？妈，您以前生过那么多小孩，哥哥不是第一胎吗？生不出来还必须在肚子上切一刀，那个刀疤还在呀？……一下子问题多到不行。

妈妈面色沉重地解释："你爸爸在农村老家，才十五岁，父母就给他娶了比他大五岁的媳妇，北方的乡下都是这样的，他们生的都是女儿。你爸爸和我在济南因为工作的关系认识了，后来我们结婚。”

我说：“妈，还是您最棒，一连生了两个大儿子。”妈妈瞪了我一眼，快要发脾气的样子，但是紧闭着嘴没发出来。哥哥问：“爸就和他原来的媳妇离婚了？”母亲不作答，催促我们快点吃好饭，就该上路了。

头一次坐火车的感觉，如今完全记不起来，因为我已经被五个姐姐的新闻所笼罩，心中有说不清楚的兴奋与期盼。再问母亲这个事情，她脸色铁青不许我们再啰唆，见到爸爸你们自己去问他吧！我们私下嘀嘀咕咕地讨论：爸爸曾经和比他大那么多的人结过婚，她现在一定蛮老了吧！五个姐姐长得什么个样子，会不会跟我们很像，还是有点像，都跟爸爸一样喜欢吃大块的肉，她们学过唱京戏吗？

父亲在上海车站接我们，暂时住在他《前线日报》同事宦伯伯北四川路的家里。两家人挤着住，活动空间变得很有限。宦伯伯有好几个小孩，其中有一个和我的年纪差不多，声音特别大，冲上冲下的没什么规矩。我最羡慕他有辆小三轮车，红红绿绿漆得好漂亮，车把上有个铃铛。这小子有事没事就骑上三轮车，在窄小的屋子里按铃吆喝横冲直撞的，谁也不敢说他。一天之后我同他混熟了点，巴巴结结地提出来："欸！三轮车借我骑一下子好不好？""不可以！"他大吼，"那是我的。"

哎呀！这么小气，骑一下子你的三轮车又骑不坏的。哥哥教导我说，别人的东西千万别去想它，何况这里是上海。上海又怎么了？你表现出来那么喜欢人家的三轮车，在上海会被人家看不起你的。是哟！老哥比我大，定是比我懂得多耶。

我老哥也干过坏事，而且只有我知道。有一天傍晚我们从外面回来，没吃晚饭，走在北四川路上很累，哥哥落在后面，都快看不见人影了。母亲要我去叫他，见到他嘴巴鼓了起来，好像慢慢地在咀嚼。"你吃什么东西呀？"他紧张地摇手要我不准再问了。到了母亲跟前，被训了几句：上海人生地不熟的，拐小孩的骗子最多，你叫人拐走了怎么办？哥哥一直紧闭着嘴不说话。

事后他才告诉我，走在街上看见一个卖烧饼的摊子，有那种圆形的小蟹壳黄，香极了，因为实在太饿，趁老板不注意，哥哥抓了一个放进嘴去，咀嚼困难，怎么说话呢？我说："怪不得我看见你嘴边有几粒芝麻。"路灯昏暗，母亲没看清芝麻粒子，她若是知道儿子有盗窃行为，麻烦会很大。可是我最关心的是那个蟹壳黄的味道，究竟是怎么样的？

三天后，我们登上了“执信轮”，载重三千吨，直航天津。从来没见过这么大的船，粗大的铁缆绳，缓缓拉起江底的锚，隆隆的响声，搅动起黄黄的江水，脏兮兮的大铁锚拉了上来，就挂在船头边。甲板好宽，上面堆了很多大箱子，在中间跑来跑去的像捉迷藏。溜到轮船的底舱，有个房间烧着大火，两名打赤膊的壮汉铲起煤块丢到火里去，火势立刻更加地旺起来，热得要命。一个壮汉看见了我，用上海话喊着：“啥个地方跑来个小瘪三？”我赶快蹿回甲板。

它是条货船，乘客不多，我们睡觉的地方摆了张窄床，爸妈挤着睡，哥儿俩打地铺。爸爸说，托了好几层关系才买到这个小地方，凑合着挺过两晚上吧！小方千万别尿床，没地方洗衣服被子，你要是骚乎乎的下船，亲戚见了你都会躲得远远的。还算争气，在执信轮上没有尿脏了被窝，母亲对我的每日饮水量做了严格管控。

我们每日三餐在食堂和水手一起吃饭，端个大盘子自己打菜饭。轮船上到处都闻到浓重的煤油气味，食堂里也不例外，母亲说她闻到煤油气味就要吐，根本没法子吃饭，在房间里吃两块苏打饼干就好。略略起了点风浪，妈妈就得躺下来，痰盂放在床边，随时准备吐。哥哥好不到哪里去，也是个晕船的料。我基本上不晕船，没人管了，上上下下跑个不停。

开到塘沽口，轮船停下来很久，一个海员告诉我，要等领航员来带路去天津。因为天津不靠海，要走一段海河才能到。这海河弯弯曲曲的，河底有深有浅，随着季节河道的变化多，只有当地人才清楚。像执信轮这么一条大船，走岔了路搁浅起来那才叫麻烦哩！所以这一段要靠人领航。

一条小船噗噗噗地开到，上来一个很神气的领航员，和船长一起站在驾驶台上指指点点的，轮船就在不算宽的河道上左右绕着弯前行。我们的船特别大，拐一个弯就会翻起阵阵大波浪，浪头一下子淹过河边的芦苇，靠着河岸的一只渔船，船头船尾各有一男一女，船被浪头推得很高，两人面对面随着波浪一高一低的像坐跷跷板。我说："爸爸，他们俩在演京戏的《打渔杀家》呢！""真是的，到了北平咱们去看最好的京戏。"

华北的景色是一片灰扑扑的，见不到绿色的草和树，两岸有疏疏落落的住家，灰土土的平顶房。爸爸指着说："我小时候就住在这种用泥巴和着麦梗子砌起来的土房子里，里面都有炕，好东西呀！炕底下烧着慢火，热乎乎的从背部暖上来，一觉醒来什么腰酸背痛都好啦！冬天睡热炕是天下最舒服的事。”

炕里头烧的什么？天下最便宜的燃料，泥巴和上麦梗子、马、牛、骡子的大便，做成一块块的大饼，放进去闷烧，起不了火苗子，烟囱里总有烟冒出来。你们不是读过王维的“大漠孤烟直，长河落日圆”吗？我看他说的大漠孤烟，就是炕火烧出来的烟。北方农村穷，过日子的要求不高，咱老家形容谁过得好，就说：“三十亩地一头牛，老婆儿子热炕头。”你看这热炕头有多么重要。

天津比杭州还要热闹，街上的人多极了，灰尘很大。我们在二姨家住了一天，二姨是母亲唯一的妹妹，两人一道去南昌女子师范学校读书，又相偕去北京上北京女子师范大学。二姨一家一直住在天津，他们那所小洋房真的让我开眼界啦！两层楼，墙壁用暗红色砖头一块一块垒砌起来的，在客厅的一面墙上，装了一个壁炉，可以在里面劈劈啪啪地烧柴火，烟就从壁炉上头的烟囱排出去。

二姨父穿西装，灯芯绒长裤，结着一只领花，拿着铁叉子戳壁炉的柴火，火就烧得更旺。爸爸同他聊天下大事，姨父不时会讲几句英文，他曾在美国留学，得了工程学位。从客厅的另一头看他们两个大人，爸爸矮胖、头发已半秃、眼镜跨在鼻梁的尖端，衣服裤子都松垮垮的，一字一句的出口成章，手势比得很大，然后纵声大笑；姨父倚在壁炉的另一边，一手插在裤兜儿里，微笑点头，也偶尔摇头不同意爸爸的说法。

母亲和二姨在另一间房里谈心，她们十年多没见了，有太多的事情要说。姊妹俩长得一个样儿，二姨比妈妈略小一号，从背后看几乎分辨不出来谁是谁。我出出进进那间屋子，想偷听她们说什么。她们都说南昌话，声音很低，不容易听懂在讲什么。仿佛听到母亲在感叹带两个小孩的辛苦，特别是这个小的，麻烦特别多。二姨点头不止，说：“不过我看这个家伙好聪明！”你看，二姨见到我还不到一天，就夸奖起我来了。

二姨有一儿一女，都比我们大。这位表姐可叫厉害呢！没上学，专门在家里练钢琴，曾经多次在音乐会上钢琴独奏。拿出照片来给我们看，她穿漂亮的洋服，裙子的下摆拖到地上，在那儿专心地弹琴。晚餐后请表演一段吧！客厅中央就有一台大钢琴，表姐大方地扶着钢琴向我们一鞠躬，然后弹了几支曲子。她的手指头在钢琴上来来去去地跑得飞快。我哪里听得懂，就跟着使劲地鼓掌，手都拍疼了。

我们到楼上表哥的房间去玩，他比哥哥大几个月，正在学小提琴，他抱怨每天练琴好辛苦。他房间里的东西真多，玩具、书本，堆成两座小山。这么多玩具你都玩过，每本书都读过？当然，都看腻了玩腻了。衣橱里有好几套小西装，我拿出来在身前比了比说，我也穿过西装，演希特勒的时候穿的，你的西装怎么都是短裤？对，小男孩得穿这种，裤子要用吊带挂在肩上才对，然后穿长筒袜子，袜子要能盖到膝盖。他拿出一张全家福照片来，可不是，表哥穿着全套西装，短裤长袜子，下巴底下还打上一只小领结，就是好看耶！大家在那儿一一试穿，就听见二姨父在楼下大吼："怎么没有听见你练琴呀？"表哥答应了一声，不情不愿地拿出小提琴来，调了调音，开始有一搭没一搭地拉着琴，听起来比我们表姐刚才的表演差远了。

表哥边拉琴边同我们聊天，根本不专心，一下子放下琴去找出本书来，翻开一页开讲。听见楼下有吼声："怎么又没声音啦？"表哥继续练琴，还是不断地和我们讲话，后来他把小提琴放在床上，背过身去不看它，一面说话，一面手拉弓子在琴弦上拖，那声音真的特别难听。房门突然开了，二姨父冲了进来，怒气冲冲挥手给他儿子一记耳光，表哥滚到地上。

天津还有一位重要的亲戚，这次没见到，他是母亲的三哥，我们的三舅，在天津有名气，人称曹三爷。妈妈说三哥很年轻就去天津发展，为人重义气，一诺千金，结交四方好友，在天津的事业很广，西洋电影片的发行也是他的业务之一。手上的一流电影院有好几家。平安、光明、真善美电影院都是三舅开的。二姨说，你们要是想看电影的话就跟我说，一通电话的事。我们当然想看场电影！

第一次在电影院里看电影，快开演了，院里的电灯慢慢暗下来，是部默片，电影里的人讲话只见到嘴巴动，没有声音出来，但是他们的动作很大，蛮好笑的。听见后面传过来钢琴的声音，最初还以为是表姐在电影院里弹琴呢！声音来自楼上，我摸着黑上楼，一间包厢里面的琴声阵阵，有位漂亮阿姨穿着洋装，一边看电影一边弹着钢琴，我傻傻地站在她身后不走。

看了一会儿，发觉她弹的音乐和电影有关系：电影里面那个戴着高礼帽、留一撇小胡子、拿着根拐棍、穿大破皮鞋、走路时两条腿朝外歪的矮个子，被坏人追，弹琴阿姨也跟着紧张起来，她弹出来的音乐又快又响，矮个子往前跑，回头看了一下后面有没有人追过来，不小心就撞到电线杆上；阿姨就在那时候很重地敲着钢琴：哐当！矮个子四脚朝天，然后又爬起来跑，音乐随着加快。我一直站在那儿看她弹琴，电影演完了，她又很自在地弹了首曲子，站起来回头看见有个小男孩在傻呆呆望着她，她对我浅浅一笑。

车子快开到西总布胡同三十八号，那是爸爸在北平租的房子，看见一个戴着眼镜瘦瘦的女孩，站在门口张望，然后又急急地跑进门去。她是四姐，腼腼腆腆的，说话会脸红，刚考上一间著名的女子中学。三姐也在屋里，胖胖的一脸笑容，见了我们就大声地招呼：爸爸、妈、弟弟！她大方、热情，就要上大学了。她们先住下来看房子。

西总布胡同位于北平东区，那是最好的地段，没听说过吗？“东贵西富、南贫北贱”，传统上就是这么评价北京的四个城区。走到胡同的尽头对街就是协和医院，著名的外交部街也在不远，最棒的是那间有名的大华电影院，胡同口一转弯就到。二姨说过：“小方他们那么喜欢看电影，就请三哥给你们寄招待券过去，北平的电影院一样可以用。”那一阵子我们在大华电影院看了好多部电影，三姐最爱看好莱坞的片子，美人鱼伊瑟·威廉斯（Esther Williams）是她的偶像。

后记

宦伯伯名宦乡，是父亲在《前线日报》工作时的年轻同事，二人结为好友。爸爸经常提起他来，说那时宦伯伯在《前线日报》很红，口才便给，思路锐敏，下笔有如神助。某次他做时事报告，念错了一个字：“斡旋”误读成“干旋”，事后父亲私下纠正了他的口误。宦伯伯觉得非常丢脸，尊这位“正音专家”王兄做他的“一字师”。这件事多年后曾有人写了出来，刊登在香港出版的某期《新闻天地》杂志上。

宦伯伯出任中华人民共和国的首任驻英国代办，一九四九年中国大陆第一位驻欧洲的外交官，后来是首任中国驻欧盟大使。一九七八年，他率领中国社会科学院代表团访问美国，我在旧金山参加了欢迎他们的晚宴，上前向宦伯伯做自我介绍。他非常记得抗战时期与父亲共事的那一段日子，哈哈大笑，还特别提起他念白字的糗事，递给我一张名片，嘱我去北京一定要同他联系。

一九七九年我从美国赴北京拍纪录片，拜托接待单位帮忙找亲戚，数个星期后一无所获。想起宦伯伯来，打电话过去，他说马上来看我。下雨天，宦伯伯打着伞搭公交车来到我的旅社，怎么没坐自己的轿车？星期天司机得休息。了解情况之后的第三天后，宦伯伯来电话：你三叔在天津。我去天津找到了叔叔和姐姐他们。

宦伯伯那位与我年龄相近的儿子，后来赴美国留学，出人头地，是美国斯坦福大学著名的政经学教授。我一直认定，他就是不让我骑他小三轮车的男孩。

居住在天津的二姨、表哥、表姐
摄于1940年

4 北平生活

五美图

大姐（左一）三姐（右一）五姐（后左一）四姐（后中）二姐（后右一）

哥哥说她们每个人都像爸爸中壮年的某个阶段，但戴了一顶假发

摄于1960年代

铜尺打手心，热辣辣的疼

四姐性格内向，不太说话，下学之后多半就在房间里念书。爸爸说她念书从来不用大人操心，能考上好学校，就是见了人蔫儿巴唧的不开朗，站在那儿傻笑。其实四姐后来跟我的话还蛮多的，大概是因为我是个浑浑噩噩没心没肺的混小子。她偷偷告诉我：爸爸是个偏心鬼，最喜欢三姐，不太喜欢她。"真的吗？""小时候在老家，三姐把盛水的大水缸砸破了，一家人都没水用，干了件很严重的坏事。爸爸还夸奖她：'你看这么小的孩子，打破这么大的缸，小三儿能干，司马光打破缸嘛！'有一回我把一只洋娃娃的腿扭断了，爸爸骂我：'这么不爱惜东西，要是有人把你的腿也扭断了，你觉得合适吗？'为什么爸爸那么喜欢她？因为三姐嘴巴甜呀！"

三姐的确是能说会道的，每次爸爸讲个笑话，总是她第一个笑起来，笑声和动作跟爸爸好像，她自己的笑话也说得很有趣。三姐做家事最勤快，生火洗菜做饭洗碗擦桌子，干起来才叫利落呢！饭后的盘子碗，她一定立刻洗干净，为这事我还跟她着急了一回。因为我们讲好了，吃完晚饭去看正在大华戏院放映的苏联影片《宝石花》，非常叫座的电影，迟到了会没位子。三姐还在那儿很仔细地慢慢洗碗，我急得冲进冲出催她快点，走到电影院还要段时间呢！她不断安慰我不会迟到的，但是我耐不住性子，又跳又吵的差点哭出来。她说吃完了饭的盘子碗一定要洗得干干净净，上头还有油妈妈会不高兴。我们小跑着过去，倒是赶上了开场，没位子就坐在走道上看。反正三舅送的招待券多的是，有天下午，我逃学早回家，偷偷地再看了一场。

我们兄弟二人在北平上哪间学校呢？爸爸拍胸脯保证，北平的教育界他太熟了，找个好学堂，离家近点儿的，两个人结伴儿上下学，不用接送，多省事。白庙小学就在不远，有天父亲带我们去了那所小学的校长室，校长对爸爸很恭敬，上茶递香烟的谈了好一会儿，都和我们上学的事没关系。后来才提到我们插班的事，可以，要上几年级？哥哥六年级，小的四年级吧！校长说能不能先做个简单的考试，了解一下二位公子的程度？爸爸答应得爽快："没问题，他们都还行。"

我坐在那里一直冒汗，这几个算术题目怎么那么别扭，只好随便做做交卷了事。出了校长室，爸爸走在前面，绷着脸不说话，走出校门拐了个弯，他转过身停下来，冲着我大声说："你连九九表都忘光了吗？让我在校长面前丢人丢尽啦！""没有哇！我都会。"爸爸出了几道题：七乘八、九乘七，我立刻答对。那么十三乘五呢？傻眼，完全没谱。两位数乘法也不会？上饶中正小学的朱老师没教过呀！你们在杭州九个月每天都在干啥，没做算术吗？没有耶！妈妈带着我们看小小说，和张阿姨常唱《秋水伊人》。哥哥考得很好，可以上白庙小学六年级，可是人家不收我，硬要去的话我得从三年级开始读，那就太泄气了，这事麻烦。

大姐经常骑着脚踏车过来看我们。那时候她有二十多岁了，挺能拿主意，大家都听她的，要不然怎么会是大姐呢！师范学校毕业，当小学音乐老师好几年了。大姐同我们说她的故事：抗战的时候，爸爸和他们断了联系，一家子七口人，五姐妹、母亲、奶奶（爸爸的继母），日日生活没着落，大姐还在师范学校念书，就想法子挣些钱来支持家用。当学生要忙着念书怎么赚钱呀？在师范学校住校，替同学做点服务。洗衣服、跑个腿什么的，都能挣一点钱。

大姐挺宠我的，一块出门的时候她总会把我放在脚踏车坐骑上推着我走。她告诉我从前别的妹妹还没生下来，爸爸最喜欢她，一直对她挺好，直到那个会说话的小三儿来报到，爸爸就最疼小三儿了。爸爸最喜欢大姐的哪一点呢？因为她会学爸爸撑起一条腿来放响屁，爸听见了就会夸奖几句："强将手下无弱兵""将门虎女"。爸爸常说老家的那句话，人生三大舒服事儿："穿旧鞋、放响屁、坐牛车到老丈人家去。"直到有一次，大姐又提起腿来做金鸡独立状，鼓足了气放它一个，不慎把颗小屎橛子喷了出来，才觉得女孩子家再玩这个，实在不甚相宜。

大姐知道我在白庙小学出了洋相，兄弟俩都还没学校上，就很热心地四处张罗我们上学的事。有一天她过来很兴奋地说，都安排好啦！就上我教书的那所学校：东观音寺小学，不算太远，走去不到半个钟头。大弟成绩好，上六年级绝对没问题，小方就上四年级乙班，不用考试，乙班的级任导师同意就行。那位老师为什么会同意收小方呢？嗨！她是我最要好的朋友，没的说！两天之后，我就坐在东观音寺小学四年乙班的课堂上了。

我们的级任老师，大姐最要好的朋友姓陈，长方脸，脸色煞白煞白的，从来就没笑过，表情非常严厉，骂起学生来声音尖锐，名字已经记不起来了，只记得她的外号：陈豆腐，忘了是哪个同学叫开来的，她那张脸可不就像块豆腐嘛！

我在学期中间插班进去，三年级根本没读过，现在要应付四年级的课程，北平的教育水平应当是全国最高的，可以想见那时我在班上的处境有多艰苦，成绩勉强够上个中下，还不至于不及格，排名在三十多名上下，全班有四十多个学生。“陈豆腐”虽然是大姐最要好的朋友，她在班上并没有特别注意我，我问过一两次问题，每次都被她说：“连这个也不懂？”以后哪儿敢再问。偷偷向大姐抱怨了两次，大姐说：“其实陈老师挺照顾你的呀！这可不能在同学面前露出来的，你不就是陈老师保你，才上了东观音寺小学四年级的吗？”

班上同学对我也不友善，一开始就嘲笑我的南方口音，听他们在那儿乱开玩笑，有时候我也凑趣地说上两句，有同学板起脸来教训：“新生、插班生，不学好，你一边凉快去吧！”母亲还继续给我们擦从杭州带来的“甘露”药水，我的脑瓜子上面经常出现褐色的废头皮，同学就给我起了个外号：“屎嘎巴儿”。北京话里的“嘎巴”，是指干掉的东西起了一层皮，也就是说我的头上长着干屎皮！

母亲经常检查功课，考试成绩不好免不了被修理一顿：“考试粗心，题目都没看懂就去写，上课不用心听讲是不是？不要再赖什么九个月在杭州没上学了，上饶中正小学是好学校，你哥也在杭州耽搁了九个月，怎么他现在念六年级的成绩那么好？”有时候我真的蛮痛恨我哥的。

陈豆腐最凶的一招是拿那条铜尺打手心。通常是先发回考卷来，面带讥讽地冲着几名考试不及格的同学看着，那几个倒霉鬼，就自动站到前面去，伸出手打开掌心等着。陈豆腐不说话，挨着顺序一个个在手心狠狠地打了一尺子，情节严重的打三下。经过铜尺教训的都说，疼得厉害，那种疼真说不上来。我每次考试都勉强及格，所以还没挨过打。

不光是考试不及格要打，陈豆腐最讨厌上课讲话的同学，给逮到了也要上去挨一下子。有一次我和隔壁同学西班牙（他门牙之间的空隙很大，稀板牙）没注意，低声说话还笑出声来。陈豆腐突然转身瞪着我们两个，我们自觉地起身站到黑板下，各自打开手心来。那是我第一次挨打，闭上眼睛紧张极了。它究竟会怎么个疼法？感觉到手掌被拉住，她提起铜尺来朝下一击，击中之后还往上抽回去，一阵麻辣辣的剧痛顺着胳臂往上走。回到座位后，整个手掌不但疼还在发烫，下学回家手掌肿了起来，然后一抽一抽的痛，三天后肿才慢慢消去。

西班牙认为陈豆腐会武功，铜尺打下的那一刹那，她发了内功，所以我们手掌的肉皮里面，就像烧起来一样的会疼好几天。西班牙说陈豆腐最喜欢女生，你看我们班女生经常上课讲话，她顶多是骂两句，打过了谁？专门找讲话的男生使劲打。对哟！你说陈豆腐跟你大姐是最好的朋友，她怎么不跟男老师做好朋友呢？每天要面对陈豆腐，我很不开心。

妈妈在那段时期也不开心，对我们哥儿俩的责骂次数多，一旦她板起脸来进行冷战，全家就陷入低气压，谁也不敢大声说话，爸爸回到家来就唉声叹气的，借题发挥唱京戏，唱词多半是有意思的：“你你你你——且莫胡言——错怪了我好人哪啊！”“怒气不息公案闯，手提羊毫写两行。”每次冷战至少延续三天，一家数口屏声静气地小心过日子，不敢在屋子里欢蹦乱跳、胡说八道。

是不是因为三姐四姐住在我们这儿，就惹得妈妈不愉快，应该不会呀！她们都挺好的，比我有礼貌多了，三姐每天做好多家事。我是个贪玩的孩子，对这种事没大感觉，特别麻木。

三姐四姐住在西总布胡同不到半年，说这儿离她们的学校远，上下学太花费时间，要搬回原来东大市那边去了。她们搬走的那天四姐把她的一双溜冰鞋送给了我，说最近她的脚丫子长得好快，这双溜冰鞋穿起来太紧，挤得脚趾头都红了，你多穿几层袜子就能穿它去学溜冰了，下回你得溜给我看看，可不能上去就摔得跟狗吃屎似的。

逃学的下场

从家里走到东观音寺小学，边玩边走大概要二十分钟，一路上有好多卖冰糖葫芦、切糕、驴打滚儿、糖炒栗子的小贩。可是家里管得严，路边的东西绝对不能吃，吃了一定拉肚子，要是得了痢疾，就会像我们在南城一样，拉稀拉到眼睛都看不见。我们身上不许有钱，就只能在小摊子边上看同学大口地吃零食。在记忆里都没吃过，但也有例外。

父亲抽国产“红士牌”香烟，包装是个美国印地安战士像，头戴彩色羽毛，每包烟里头附有一张抗战纪念卡，有：卢沟晓月、台儿庄大捷、日放毒气、四行英雄、远征缅甸、开罗会议等等，正面有彩色图画，后面是文字解说，攒全了一百零八张纪念卡，就可以换到个大奖，当然我们攒了许久，总也攒不全。每天很孝顺地要求替父亲去胡同口买包烟，爸爸的事情多，有时候会忘了要找回来的钱，就这么点小收入，积少成多，所以我也曾偷偷地尝过冰糖葫芦、切糕、艾窝窝，这是个秘密，不能让妈妈知道。

冬天上下学可真是件辛苦事儿。大清早出门最难受，刮起西北风来，穿多少层也没用，风像刀子似的钻进衣服里来。路上结着冰，经常一个不注意就摔个大屁股蹲儿！在上学的那条路上，小孩子会把路边的冰，清出一条光滑平直的通道来，有十来尺长，玩的游戏是：先起跑几步，然后在那条冰道上双脚滑行，再慢慢低下身子，双腿伸直地溜着，滑到尽头坐下来，玩得漂亮的有点腿力。这个游戏叫："老太太钻被窝"。有时候腿劲不够，最后坐下来的时候会翻倒在冰地上，身后的小朋友便笑作一团，这时候你得会说："老太太钻被窝，回头看孙子！"

某个冬天早晨，北风凄厉，哥哥已经准备好了去上学，叫我两次："再不去就迟到啦！"我还赖在暖被窝里不起来，含混回答："我等会儿自个儿去。"昨天的数学作业还没做完，今天要发回国文考卷，陈豆腐阴沉沉的表情好难看，还是不想起来。穿好衣服出来刷牙，已经很晚了，家里一个人也没有。现在赶去上学一定迟到。陈豆腐定的规矩，迟到的要在教室外面罚站，教室内墙角边有个小煤球炉子，门口挂了一条比棉被还厚的门帘子，教室里面不冷，在门外头站个几分钟可就会冻成冰棍儿，今天干脆不去算了。

一个人在屋子里晃悠真无聊，要是大人回来了怎么说呢？生病了，可是我没有发烧感冒的；就说肚子疼，反正看不出来。天花板上有一个洞，昨天有工人上去看漏水的地方，过两天再来，梯子没撤走。我蹬梯子上了天花板，一片漆黑，过了一会儿能看见一点四周的东西，还是挺黑的，静悄悄地靠在那儿，没多大工夫就睡着了。

听见下面有人走来走去，大姐和妈妈在说话：小方没去上学。他早上不是同哥哥一道上学去了吗？我去六年级教室问过大弟，他说今天他一个人来的。小方能到哪儿去了呢？去街坊四邻找找看，说不定这孩子贪玩，忘了时间还在人家家里玩儿呢！真的找不到就得马上报警，要不要告诉爸爸？咱们先到各处去找找再说。我吓得不敢出声，躲在天花板上动也没动一下。

一下子屋里一点声音也没有，她们大概都出去找人了。我摸摸索索地从天花板上下来，头很昏，屋子里的亮光照得我睁不开眼睛，就躺到自己的床上盖上被子睡觉，真的很困。蒙眬间，又有人声嘈杂，四合院儿的大妈们都来了，七嘴八舌地说非得报警不成，要大姐快点骑车到附近的邮局打电话，顺便也摇个电话给爸爸。大姐忙忙乱乱地走出走进的，一转头看见我躺在床上，她大叫："小方就在这儿躺着呢！"一场大混乱告终。

母亲当时没有骂我，摸了摸我的额头说："怎么脸色这么苍白，睡一下子吧！"事后问清楚了真相，少不得将我痛加训斥了一顿，反过来问我："你自己说嘛！逃学的孩子该怎么处罚？"哥哥提议：罚睡厕所三个晚上。爸爸给我上了一课：不论大人小孩，都要负责任，答应的事一定得做到。每天去上学就是做学生的责任，哪儿能够爱去不去的呢？负责任的习惯从小就得学好，等长大了还是做事不负责任的话，那就成了个人见人厌彻头彻尾的废物！学校那边有大姐处理，她替我交了张病假单子，陈豆腐本是她的好朋友。

这件事最大的震撼发生在三天之后。自从工人上天花板修了漏，母亲总认为上面老有灰尘掉下来，非得清扫一下不可。她蹬梯子上了天花板打扫，没有几分钟就听见母亲在上面尖声惨叫，然后见到她摇摇晃晃地下了梯子，一手拎着一个物件，扭过头不去看它，嘴中发出吱吱嘶嘶厌恶嫌弃至极的声音，弯着腰、踮起脚尖、踏着京戏演员的小碎步，快速冲向垃圾桶子；母亲拎着一条大老鼠的尾巴，死耗子大概已经过去多日，身上有无数的蛆，正蠕蠕而动。母亲在浴室洗手洗了半个钟头，出来后仍然神色未定，她怒气不息地对我说："你逃学吧！到上面跟死耗子睡觉去，恶心死人了。真是见鬼，为什么老是轮到我来碰这种肮脏东西，你爸爸回家就当老爷，什么事都不做。"

母亲又想起福建麻沙的鼠疫来，她说："很多死耗子都带着鼠疫病菌，小方你在上面睡了多久，是靠哪一头睡着的？"我不记得了，其实是不愿意再去想它。"叫爸爸带你去医院检查吧！你要是得了鼠疫再传染给我们，那还得了！"哥哥说："东源哥的一家人，都是得鼠疫死掉的。"火上浇油。

那个年月去医院检查要通过很多重关系，父亲在河北省政府社会处工作，经常忙着去灾区，回家的时间少，他说，没病没痛的检查什么呢？鬼子兵被咱们打败了，不会有人到处撒鼠疫病菌，不要紧没事的。

想起那只死耗子，我心里就直打哆嗦，以后再也没逃过学。

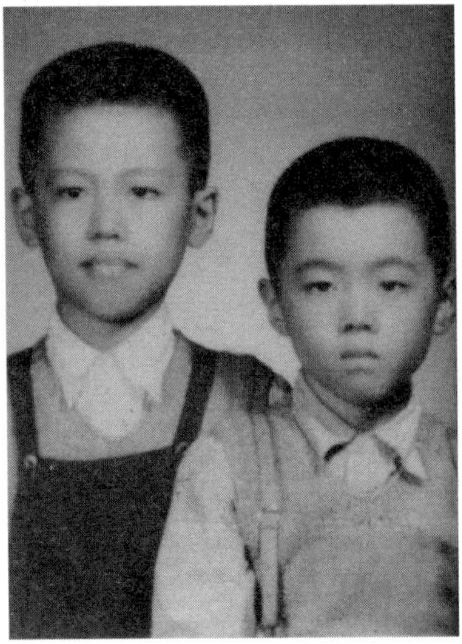

哥儿俩在北平，摄于1947年

左邻右舍

当年住在我们同一间院子北屋的是高家，一对年轻夫妇带着一个四五岁大的女儿。他们说话有浓重的口音，父亲说他们说的是河北土话。高先生不用上班，偶尔出门溜达一下就回来。夏日晚饭后，父亲喜欢坐在院子里乘凉，高先生就过来聊天，高太太招呼我们喝茶嗑瓜子儿。高先生操着乡音，总是讲他在老家的事儿。他曾经当过老家县城的保安队队长，抓过不少八路军，那可是玩命的买卖。最后八路军围城了，高先生是共产党的死敌，城要是破了被他们逮到，一家人都活不了。所以就赶快安排妻小先来北平，最后自己化装逃离县城。

“共产党为什么跟你过不去？”我站在旁边听得入迷，老是有问题。

“我挑过他们的人嘛！”他说得很来劲，还比画着，“围城的时候，我们在城头上绑起被俘虏的八路，朝着城下的八路喊：这些人都还给你们，就用刺刀一个一个挑起来扔到城下去。”

高先生的弟弟也从老家搬来，兄弟长得挺像。高老弟也不用上班，每天在家睡觉，睡醒了就蹲在院子中央发呆，蹲了一阵子又回去睡。她嫂子问他：“你刚睡醒了怎么又睡呀？”“你看我这不是直打哈欠吗！”

高家小妹妹喜欢用手比作手枪，再绕上一根橡皮筋，嘴里念着：“我崩你！”有时候真的将橡皮筋弹出，打到我脸上。我已经是小学生了，还被五岁小女孩吓唬，丢人。以后我看她刚说要崩我，就大吼：“你崩谁呀？”高小妹挺机灵，她说：“我崩我自个儿，还崩小三儿。”

小三儿是左边院子南屋郝家的三小子，活泼聪明，一张嘴总没闲着。父亲赠他儿歌一首：“小三儿小三儿吃萝卜干儿，拉红屎冒红烟儿。”

小三儿和高小妹差不多大，还没上学，可是他比高妹妹学问大多了。他的两个哥哥和我们家两兄弟同年。小三儿每天听哥哥们读书，听个几遍就能记住，每天大声一篇篇地背高年级的课文，吓死人的。郝太太一脸疲惫，怀中总抱着个婴儿，闹不清她生到第几胎了。和街坊见面打招呼，她就说同样的一句："为儿女做牛马呀！"

郝家的两个大小子和我们玩不到一起去。哥哥认为他们太粗鲁，学问差。光说他们的名字就够瞧的了：大的叫郝一虎，老二是郝次虎。郝家有钱，小孩穿得体面，也就比较跩。最初我和次虎玩过几次，这人没意思。赖皮，又爱恶作剧，赢了就得意，输了又不肯罢手。

郝家对面的北屋，有个男孩比我大一岁，叫小锁儿，北京人喜欢给家中的独子起这个名字，有如一把锁，能牢靠地健康长大成人、传宗接代。小锁儿高我半个头，个性老实随和，跟谁都能玩在一起，讲话絮絮叨叨，声音很低。个头儿虽然高，但弯腰驼背看来挺虚弱，胆子小。他最喜欢跑到我们家来玩儿，拿出新得到的红士牌香烟抗日纪念卡片来显一显，比比看谁搜集得多，再拿出重复的卡片同你做交换，这小子很会做买卖。他肚子里的消息最多，不知道是从哪儿听来的，一说起来天南地北、张家长李家短的没完。语言最地道，是纯粹的北京话。小锁儿的爸爸戴深度近视眼镜，说话也慢条斯理的，父子俩像一个模子里铸出来的。他妈妈是协和医院护士长，挣很多钱，说话的气势和音量都挺吓人的。每个月到时候，就有人送来两大袋美国洋白面粉。在那个年月，家里能有美国洋白面粉吃，可是件了不起的事。

他们家的陶妈，农村来的老嬷嬷，牙全掉光了，嘴巴瘪瘪的，有点朝一边斜，小锁儿管她叫歪歪桃儿。歪歪桃儿蒸的洋白面馒头是街坊四邻的金字招牌，我们就等着她的新蒸馒头出笼，歪歪桃儿掀开热气腾腾的蒸笼盖子，大叫一声："新鲜馒头出屉喽！"站在一旁的小孩每人分到一只烫手的热馒头：香、甜（没放糖）、烫，嚼一口还弹回去。一直到今天，我再也没有吃过像歪歪桃儿蒸的那种美味面点。

每次到了快吃晚饭的时分，就听见他们家那边远远地传来他母亲的强劲叫声："小锁儿呀！"小锁儿立刻答应，扭头就回家去了。

那阵子看《水浒传》《七侠五义》入了迷，每天在院子里拿起树枝棍棒舞弄，嘴中还念念有词。郝次虎走过看见，脸上露出不屑的表情。然后从他家里出来，腰上挂着一只玩具手枪，学美国牛仔的架势，一下子拔出枪来冲着我瞄准，远远地开了一枪，还在枪口吹口气，再插枪入袋。装模作样耀武扬威的臭德行，真的很讨厌。

于是我回家写下战书："某日放学后在胡同口那棵大树下决斗，下书人：双鞭霹雳火王 ×× 是也。"因为我找到两根长短粗细差不多的树枝，耍起来很顺手，可以比美呼延灼了。趁天色昏暗，将战书塞进郝家的门缝。然后我心里就开始嘀咕不已，郝次虎的块头和我差不多，单个儿比画才不怕他哩！就怕他不讲江湖道义，把郝一虎也叫了去，我可能会被揍得很惨。我们家老哥外号大头，只会念书，打架的事根本不用提了。小锁儿连走路都弯腰驼背的，恐怕也帮不上忙。但我还是把这事偷偷告诉了他，只要求他陪我一块去。小锁儿听完了歪着头压低嗓门，用纯正的京片子说："打架？那多不合适呀！"

郝次虎用弹弓射了一个纸团到我家走廊上，我们家的罗妈正在那儿扇煤球炉子，她捡起脚旁的纸团，以湖北话大声地念着："王××，用轴（竹）竿打还是用弹弓打。大盗杰西郝次虎。"你看这郝次虎多没学问，《大盗杰西》是最近胡同口大华电影院上映的美国西部片，他就现学现卖。我的外号结合了霹雳火秦明、双鞭呼延灼两大天罡星之长，摆出来就显得武功不凡。只要罗妈讲话，两间院子的人都听得见，两家家长知道此事为之震惊，大树下决斗没有发生，我还被父母狠狠地修理了一顿。

从我记事开始，罗妈就在我们家中打理事务，主要是负责一家人的吃喝。母亲是现代女性，不肯下厨房。罗妈的厨艺普通，我们经常抱怨菜不好吃。母亲烦不过，要我们每天晚上自己点菜，口说无凭先写出菜单来。罗妈认字，但是要她写字可有点难。就由我执笔，因为我写的字难看，要多练着点儿。老哥最挑嘴，每回都是他问罗妈："菜场都有什么菜呀？""还不就是那几样，"罗妈说，"大薄（白）菜、豆腐、胡萝卜、薄（白）萝卜、黄豆芽、楼（绿）豆芽——咯咯咯咯！"报个菜名也那么好笑吗？

罗妈有次在屋檐下扇炉子，用力太猛，火星子蹿得老高。北方住宅的窗户用半透明的纸糊起来，能挡风，过滤的日光柔和温暖，透进屋子来，在冬天特别有味道。那窗户纸日久变得干燥，沾上火星子，再加上风吹，一下子就起了火苗，一扇窗子立刻烧着了。罗妈吓得尖叫，两间院子的小孩和闲杂人等都聚过来看热闹。火势蔓延得快，顷刻间两扇窗子都冒起火苗来。

但见一个身影飞奔而出，用两只手一阵猛抓狂撕，一溜窗户纸统统都被撕扯了个干净。火势无法蔓延，只在一扇窗户上慢慢地烧。有人实时拎来一桶水，浇熄了剩余的火焰。抓扯窗户纸，防止火势扩大的英雄正是我妈。真没想到，她一向体弱多病，怎么突然如此神勇?

小锁儿一直站在我身后，在我耳边低声说:“刚才着火的时候，我的鸡巴一直发酸。”多少年来就没弄懂，那地方怎么会发酸?后来去了美国，在迪士尼乐园头一次坐云霄飞车，体验了自由落体时的刺激，哇呜，就是那地方发酸得厉害咧!

此后有任何亲友来访,我们家的谈话都离不开火烧窗户事件。总结时母亲就嗅着双手说:“到现在闻起来还有煳巴子味儿!”

看病·休学·香草冰淇凌

我们家经常缺课的不是我，是王府的模范学生——我老哥。自从我们来到北平，他就经常咳嗽，伤风感冒更是家常便饭，有时候也传染给我，闹得我喉咙痒痒的，就跟妈妈说我也不舒服，哥儿俩一块请假在家养病。可是在家里待着没事，又不是真的生病，更加不好玩，所以装病不上学的事儿，后来我也很少干了。

我们有病就去看梁大夫，一位广东老头儿，给的感冒药是装在小纸包里酸酸涩涩的白色药粉，饭后吃一包，加一瓶褐色的药水每次喝一小格，药水有甘草味，倒不难喝；通常一个星期后感冒就好了。妈妈最服梁老头，说他是结合中西的名医，天下少有。梁大夫住在一栋漂亮的三层洋楼里，那栋楼比天津二姨家的小楼大好几倍。他家的人丁兴旺，有大太太、二姨太和第三位夫人——

名叫细婶。每位夫人有自己的孩子，男女用人跑上跑下的少算也有五六个。

我们平时定期去梁老头那儿治沙眼，很痛苦。那时候多数小孩都得沙眼，沙眼是怎么一回事，怎么才能治好，谁也说不清楚。梁老头有一招，把眼皮翻开，用棉花棒子蘸点药水，在患处一下一下地刮，要经常去刮它，沙眼就会好。母亲相信梁大夫的这一套，于是我们哥儿俩就得定期乖乖地去梁家诊所，接受刮沙眼酷刑。刮起来怎么会不疼？有时候梁老头眼神不好，或是下手重了点，我们就如同杀猪般的嚎叫起来！然后央求着："好了好了，完了完了！"梁老头的手并不停下来，继续用力刮我们的内眼皮，他还用广东腔说："好耶好耶，完嘬完嘬！"

梁二姨太跟妈妈最谈得来，她有两个大儿子，都上大学了，有机会就说她两个儿子多么有出息，不断地问母亲有关教育的事。当然啰，妈妈办学校出了名的，爸爸又在北平教育界的人脉非常熟。

母亲说爸爸有一肚子的馋虫，所以他最喜欢去梁大夫家，因为那儿能吃到梁家菜。当年在北平最有名最地道的广东私房菜有两处：谭家菜和梁家菜。梁家有一间超大的厨房，经常做外烩生意，梁二姨太是大厨房的指挥官，监制精致的广东菜，做好一桌桌的酒席用专车送走。梁老头能喝几杯，研发出新菜来就邀三朋四友去他家品尝，每次爸爸就和梁大夫划拳、敬酒、罚酒、大口吃好菜，喝汤的时候声音特别响，面红耳赤，南腔北调地高谈阔论，感叹国事已不可为。爸爸在梁家吃到一顿美食，回来就会开心好几天的。

哥哥一直是班上的好学生，代表东观音寺小学出去参加演讲比赛，得了个什么奖杯回来，挺出风头。不过有一次他上台演讲，那个江西口音露馅儿了，把老百姓说成“老博信”，伶牙俐齿的北京小孩儿可叫坏哪！哪里会放过他，以后见了他的面就喊着：“哟，老博信来啦！”“老博信”经常伤风，一来就流鼻涕发烧咳嗽的，闹得挺厉害，而且拖得很久，常常要请病假，影响学业。母亲对他的频频感冒十分忧心，慎重地向梁大夫请教。梁老头仔细检查了哥哥好几遍，得到结论：

“这个细们仔（小孩）的扁桃腺特别大，不信你们来睇睇（看看）。”

梁大夫叫哥哥张开大嘴，一条扁平木片压住他的舌头，打开小手电筒照进去，我也凑在旁边瞄了一眼，噢！喉咙底有两片半圆形的肉片子突出来，确实不小。扁桃腺过大就容易被感冒细菌传染,然后红肿发炎,所以你的大仔就经常感冒喽！听过白喉吗？得了白喉症扁桃腺上面长满白颜色的点子，肿得好大好硬，两边碰到一起就封喉了，喘不过气来没得救。

那怎么办哪？梁老头建议：扁桃腺和盲肠一样，是人体里面最没有用的东西，开刀把它拿掉就好了，小手术，我认识一位好好的医生，可以马上安排。几天后，哥哥进了手术室。

到医院去探望手术后的老哥，他面色苍白，斜躺在病床上，讲话的声音沙哑。医院的床很特别，可以摇一个把手，躺在床上的人能半躺半靠着，或者整个的坐直了，大人不在病房里，我就把床摇得上上下下的。手术是全身麻醉，那是怎么一回事？护士拿了块纱布蒙在嘴巴鼻子上，要我从一开始数下去，还没数到三十就什么也不知道了，然后醒过来就躺在这儿，现在喉咙痛痛的。

妈妈问东问西：开刀的时候没有感觉吧？晚上自己能上厕所？实在憋不住就尿在床上也不要紧。怎么会，我又不是小方！老哥对我的尿床从来就极不尊重。想吃什么我替你去张罗来，哥哥趁机会说了一大串我们平时想吃，却永远没吃到的北京著名零食，母亲面有难色。哦！得先问问医生你可以吃什么吧！糟糕！医生说伤口痊愈需要一段时间，这几天绝对不能吃硬的东西，喝牛奶、吃冰激凌可以。

冰激凌，这东西只在美国电影里见过，北平市哪里有卖的？在六国饭店吃西餐，饭后会送上一小碟子冰激凌来，得听着西洋音乐，用小勺子慢慢吃，吃得太快它两三口就没了，东西少就会特好吃。也都是听同学瞎聊的，我们从来没吃过。

梁大夫家那么洋派，怎么会没有冰激凌呢？梁二姨太热心，吩咐厨房摇一桶香草味儿的冰激凌来。冰激凌是摇出来的，我站在一旁观察整个儿的制造过程：一只大桶里面放了许多大小冰块，中间放进一只小圆筒子，里面就是冰激凌的原料，大桶外有个把手，要不断地摇着，那些冰块就围在小筒子外面转，冰块化了再往里头加冰。摇冰激凌的时间长，中间换了两三个人，他们看我老站在一旁不走，有人说：“咱们王二少也来摇两下子？”我用两只手使出吃奶的力气去摇，只能摇个半圈，这是大男人的活计。梁二姨太过来打开小筒子看了看，说再摇二十分钟就得了。

哥哥捧着一碗黄澄澄的香草冰激凌，双眼闪烁着喜悦的神色，一勺一勺的大口吞咽。眼见着他就吃完了一碗，接着再盛第二碗。

我在一旁频频干咽唾沫良久，终于忍不住了，提出要求：我也来一小碗吧！母亲用不以为然的眼色看着我，你开刀了吗？病人只能吃这个，不要在这儿做无理要求。眼睁睁地看着，顷刻间只见病人把好几碗香草冰激凌都消耗殆尽。

割了扁桃腺老哥反而更容易感冒，医生说那是身体需要一段时间适应，平常注意出门多穿点衣服就好。很够注意了，天冷的时候母亲强迫我们一层层地穿上，裹得跟粽子似的，到了暖和屋子里，又迫不及待地脱衣服，一冷一热的就会伤风。我特别痛恨穿套头毛衣，那时候的毛衣都是家庭主妇空闲时一针针地织出来的，大小与设计都不讲究，人家为我们织毛衣自然感激不尽。那些毛衣的领口都织得很紧很小，说一定要这样才能保暖，但是穿脱不方便，经常窄领口就卡在头部某处或脖子中央，需要有人帮忙使劲地拉，方能脱离暗无天日的困境。

某次我们都得了重感冒，在家里养病好几天，我后来好了才不情不愿地去东观音寺上课，面对陈豆腐。可是哥哥的感冒一直不好，咳嗽个不停，偶尔又会发烧，勉强去一趟学校，回来病得更厉害些。多次检查，最后几个医生都有相同的结论：老哥的病名“肺弱”，呼吸器官比一般人容易受感染，没得治，只有在家长期休养，身体才会慢慢建立起抵抗力来。照目前的情况来看，这小孩应当在家休养一段时期，不要去上学了。

有人就是比我命好，老哥不用去东观音寺上学，每天在家写点大楷，吃营养食品。我还是得早起走那一段寒风凛冽的路，大风刮过来，用围巾把脸整个蒙着，否则会吃上一嘴的灰尘。唯一好玩的是在路上遇到同学，在路边玩“老太太钻被窝”，后来练得技术挺不错的，谁也不敢嘲笑我了。

到柜上去

去“柜上”是我们喜欢的节目，北方话的商店店面叫柜上。三叔在前门外东大市经营“永信成”皮货庄，进了正门大厅里就有一条深色高起来足有六七尺的大木柜台，店员坐在柜台后面，居高临下与顾客说话，小孩站在柜子之下，必须仰起头来朝上看，就像大当铺的安排。这种大木柜子有镇店的意思在，北方话称商店老板为“掌柜的”。

永信成皮货庄是爷爷在清朝末年创立的，当时河北山东连年闹灾荒、严重歉收，庄稼人守着几十亩租来的耕地，交不出田租，一家人吃不饱肚子，走投无路。年轻力壮的爷爷，最富冒险精神，连年单身“闯关东”，运些皮货回来，为王家奠下了家业。早年清王朝不开放东北三省，去关东得用“闯”的，就是非法出入山海关。东北的资源丰富，带回几件珍贵的皮货在北京出手，就能获得不错的利润。长年下来，爷爷闯关东多次，累积了足够的钱，先在河北农村老家买了不少土地，又在北京天津各开了一所皮货庄；天津锅店街的永信成是门市部，北京东大市的柜上做营业批发，生意规模不小。

爷爷兄弟三人的感情深，大爷爷读过私塾，是位谦和、公正、最会拿主意的长兄，三爷爷身强体壮，兄长一声令下，他立即快手快脚地把事儿办好。大饥荒的那几年，哥儿三个商量好，派机警果断的爷爷远赴关东闯天下，赚了钱日后在老家置地产、去北京天津开皮货庄子，都是大爷爷策划，三爷爷跑腿执行，创起了王家的家业。兄弟仨早说好了，老王家人以后就在一起过，永远不分家。

爸爸就在大饥荒的岁月出世，缺粮情况严重，靠着几升杂粮、谷糠才撑了过来，爷爷给起的名字是寿康，因“糠”而得寿，他能够活下来就靠着那点“糠”！次年爷爷又得个儿子，小名叫“小多儿”，几个月就夭折了。爸爸从小就不太能干田地里的活儿，跟着大人下田拔杂草，费尽吃奶的力气，却失手坐了个屁股蹲儿，草还是没拔起来。但是他能说会道，大爷爷教他认字算术，字一下就认识好多，算个小账可是又快又准。大爷爷某日向大家说：咱们就送这孩子上学好了，说不定他真是那块料。大爷爷的判断力没错，爸爸不但在县城小学的成绩破纪录，还考上北京师范大学附属中学，接着就读于北京师范大学，是老家县里的第一位大学毕业生。

记得小时候爸爸用一只大破搪瓷杯子漱口，杯子四周经过磕磕碰碰剥落了很多地方，杯子里面呈黑褐色，怎么也涮不干净。他舍不得换它，说那是个重要的纪念品，是他大伯伯当年泡鸦片膏子用的杯子。父亲经常感叹，若不是他大伯伯送他去念书，现在他还不就是个河北农村混得不怎么样的庄稼汉。

我们这一辈的孩子，只有大姐见过爷爷，爸爸还在北师大念书的时候，爷爷中风去世。爸爸说我们爷爷的性情豪放，最爱打抱不平，很得乡民的尊敬，老家的邻舍有了什么纠纷，都会来找爷爷主持公道。他听了两方的说法，当场做几句公允的评论，数语服众，争端随之化解。

东大市柜上的走廊上，放着一只老旧的大水缸，这里有一段老故事。民国七年辫子军老帅张勋挥军进北京，又将退位皇帝溥仪推上金銮殿，演了一场复辟闹剧。张勋的部队短时期占领北京城，全城戒严，枪声此起彼落，爸爸陪着爷爷不出门。爷爷坐在柜上的走廊喝茶，抽了两袋子旱烟，实在闷得发慌，便大发议论痛骂张勋：脑袋装满了钢筋水泥的清朝遗老，可恶透了，民国已经建立好几年，他还要回到老黄历去过日子！袁世凯、段祺瑞都不是玩意儿，咱们河北老乡冯国璋更是个窝囊废，就会穿起马靴碰脚后跟来个立正敬礼，一群王八羔子专干亡国灭种的事儿！骂声越来越大。爸爸很怕门外头有人听见，赶忙把大门关上。爷爷气性更高了，说："关上门干吗？俺说的有哪点不对了？"爷爷反而将大门敞开，站在门口继续大声发表谴责北洋军阀的演说。

就听见街口那边枪声不断，有一颗子弹越过爷爷射进门内，落在大水缸里，火热的子弹头在水中迅速降低温度，发出吱吱的声音。爸爸冲过去关上大门，把爷爷拖进屋子里去。"你看多悬哪！那颗子弹刚好从一个角度射进来，掉进大水缸里，"爸爸指着那只旧水缸说，"没伤着人，缸也没事，太悬了。"

抗战期间，爸爸去了南方，永信成就靠三叔在那儿苦撑，总算熬过来了。三叔最喜欢说一件事：抗战刚胜利没多久，爸爸突然出现在柜上的那场惊喜。三叔是老北京了，但是没在北京上过学堂，一口河北农村的标准侉子调，他说：

“来了一辆军用大卡车停在门口，小伙计看着吓坏了，告诉我：有老总上门儿了！老总来柜上都没有好事，出去一看，大哥你穿着国军军装，上校军衔，迈着大步子过来，甭提多精神咧！大哥代表咱们的抗战胜利，真威风！这么多年受的鬼子怨气一下子全吐光了，那天可真把俺给喜死咧！”

柜上大厅的正面，挂着母亲多年前写的横幅：永信成皮货庄。母亲看了看她写的字，摇摇头不很满意，说：“这是十多年前写的了，改天再写幅新的。”三叔赶紧道谢，说大嫂的新墨宝一到，俺这里肯定就生意兴隆。三叔给我们一家四口每个人预备了一件皮大衣。送给妈妈的是最时髦的水獭皮大氅，一身上下深褐色水獭毛皮，长长的触到脚面，还有一只手袋，也是颜色一样的水獭毛皮做的，双手可以拢在袋子里面取暖。爸爸的是一件厚重深蓝色长袍，翻开里子就见到深红色的狐狸毛，三叔说穿上这件袍子，去西伯利亚也不怕冷了。给哥哥的是一件兔毛皮大衣，白色的毛特别柔软，摸在手上挺舒服。我的那件不长，样子挺跩的，里面的毛比较粗，也不知道是什么毛。

下雪天穿新皮大衣上学，同学看了都很羡慕。“西班牙”还借去自己穿上一阵子过过瘾。没问题，西班牙现在跟我是哥们儿了，他知道挺多学校的秘密：珠算老师没有念过师范学校，原来是一家百货公司的老账房；体育老师偏心，最喜欢俊小子，会带俊小子到家里去；你用不着担心，你长着瘌痢头呢！带俊小子去家里又会怎么了？“西班牙”不同我解释，只轻蔑地说：“你什么也不懂。”

有一天“西班牙”在我旁边一个劲儿地使劲呼吸，干什么呢？然后他又拿起我的皮大衣猛地吸气，做出恍然大悟的表情。有屁快放吧！他低声在我耳边说：“我闻出来了，你这件是狗皮大衣！”胡扯，只听说有狗皮膏药，哪里有狗皮大衣的呢？“西班牙”是班上的知识权威，他坚持这是件狗皮大衣，因为在下雨和下雪天，这皮衣服闻起来就跟他家那条癞皮狗身上的气味一样！

三叔给我的居然是一件狗皮大衣，太不公平了。曾经向爸爸提要求，给我换一件兔皮大衣好不好？没有下文，他说永信成很少替小孩子做皮大衣，你有这么一件就很难得了，干吗老是在这上头跟哥哥比呢？赶紧把那考试分数提高一点吧！我的要求一直被搁置着，也就不太爱穿那件皮大衣了。长大以后才了解，哥哥是正宗的王府长孙，自然就不一样了。

去大妈家吃饺子

在北平过旧历年，父亲总会带我们哥儿俩逛厂甸。过年那几天厂甸特别热闹，好吃好玩的东西叫你眼花缭乱。爸爸答应初三带我们去，他也喜欢逛厂甸，那儿有数不清的旧书摊，能找到善本书。爸爸去了厂甸就一家一家地挨着找旧书，讨价还价买比较便宜的古书，回到家就迫不及待地一本本翻阅，然而他的耐力并不是特别强，通常看书超过一个多钟头就拿下眼镜来揉眼睛，说：“这眼皮子里面跟塞了块棉花似的，实在撑不住了。”

清晨缩在被窝里不想起来，小黄猫挤在脚底，踹它一脚，它就打起呼噜来讨好。父亲在隔壁刷牙漱口，声势浩大，然后站在院子里咳嗽，练嗓音，铿锵得很。他说：“这天儿真冷得够呛！”

母亲掀开门帘子进来，检查屋角的小煤球炉子，哥儿俩各自还横在床上，我双手都放在被窝里，缩成一团侧睡着。母亲朝着我说："又把手放在被子里面，坏习惯永远改不了，没出息！"

家教严谨，睡觉的时候两手不准放进被窝筒子里去，避免小男孩偷偷玩鸡鸡。拜托，我才九岁，撒尿的东西有什么好玩的？

一下子忘了冷，起来胡乱用毛巾蘸水抹了把脸，扯住父亲的衣服说："该去厂甸了吧！""哪有一大清早就去厂甸的，人家还没开市呢！"

过了中午，父亲叫了三轮车，三个人挤着坐，车夫慢慢地蹬，顶着风沙往厂甸去。母亲不去，说没事干吗去喝西北风？

在厂甸玩得不好，父亲老催着回去，他等会儿还有事。怎么行呢，什么都没买就走？我坐在地上撒赖。爸爸给我们各买了一串冰糖葫芦，外加一个"噗噗灯儿"。那东西就像一只化学实验用的圆锥形玻璃烧杯，延伸出来个吹气的细长脖子，大肚皮，薄薄的平底，轻轻吹气震动玻璃底，发出单调噗噗灯灯的声音，很不悦耳。全厂甸的小孩都玩这个，我们怎么可以没有？

三轮车走到半路，父亲说："好吧！去大妈家玩一会儿，我去办事，吃晚饭前来接你们。""好唉！"我在车座中蹦了起来。"去那儿别给我惹祸，还有——""我知道，回家以后不能说。"瞒着母亲去大妈家，这可是个大禁忌，说不得。

大妈是一位清秀瘦弱的中年妇人，尖尖的脸，脑后梳着一只巴巴头，见到我们俩就拉着我们的手不放，不断用掌心揉搓着，弯下腰来，脸凑得很近很近说了一串子的家乡话：“这就是俺们的勒子（儿子）呀！你看看这模样，这小模样耶——”她张罗着我们吃吃喝喝的。

爸爸在这儿可罩得住了，一开口，就有人替他跑上跑下的。平常跟我们在一起，多数是谁也叫不动。他叫着：“小五子去给我买包香烟。”我接着说：“红士牌的！”五姐二话不说到门口骑上脚踏车出去了，几分钟后她拿回一包香烟来。二姐也是头一次见面，她在北京师范大学音乐系学声乐，留着两只长辫子，不时地就运足了气唱上几句女高音，吓人一跳的。

大妈家好热闹，很多人在那儿进进出出的，爸爸忙着去办事，放下我们俩就走了。

五姐和几个小男孩在她家外面放炮仗。最厉害的叫“二踢脚”，它先在地上爆一次，响得怕人，然后冲上天去老高，又打一次响雷。黑黑壮壮的五姐，外号假小子，她就敢放“二踢脚”，野着哪！

“噼里砰、飕飕、咆！”她又放了一只，把手上的香递过来，说："该你放了。"朝后退了一步，我把手背过去，不敢拿她的香。我们哥儿俩戴皮帽子，穿厚大衣，手里拿着凉冰冰的噗噗灯儿、冰糖葫芦，不如其他孩子活泼灵便。有个孩子放了只"蹿地鼠"，它的尾部冒着烟和火，刺刺的绕着人的脚跟乱飞乱转，我们兴奋得跳起脚来躲。又有个野小子充大胆儿，两只手指头捏紧一支小红炮仗，点火就放，不撒手，放完了他的手指头黑黑的。

刮起一阵风，眼前灰扑扑的快看不见人了，冰糖葫芦上沾了好多沙子。我说："咱们放风筝吧！""这个天儿不能放风筝，风太大，"她说，"风会把人给刮到树上去。秋天放风筝才合适。"

拿起噗噗灯儿来吹，单调的声音引得孩子们都围了过来。噗噗灯儿是用粗糙褐色玻璃做的，举起来对着光看，里面满是气泡，平玻璃底后面是五姐的脸，她歪着头在看。"爸爸在厂甸给买的，"我递给她，"别使劲吹，它会破。"她还是吹得太用力。

"大伙都玩一下吧！"有个小孩说。五姐不肯："没门儿，这是我们家的东西。"我突然大方起来："没关系，每个人都玩一下。"换了好几次手，大伙儿都叽叽呱呱地傻笑着。然后叭啦一声巨响，噗噗灯儿破了，那个愣头愣脑的小子嘴上沾着玻璃碴子。

"你这是成心哪！"五姐冲着他大吼，"凭什么把我们的噗噗灯儿弄碎了，你得赔！”孩子们一个个地开溜，祸主先慢慢地退着走，然后扭头拔腿快跑，一下子就没影儿了。我们都说那个小子回去会得肺病，他用好大力气去吸，已经把玻璃碴子吸到肺里去了。

五姐在院子里骑脚踏车，那是一片左邻右舍共享的空地，脏兮兮的到处是大小垃圾堆。五姐一下快一下慢地在院子里骑着车随便转，又能定住车子好久，就是倒不下来。放开车把手两只胳臂举得高高，拐弯的时候就把腰一扭，车子就拐过来了。突然又刮起一阵旋风，整个场子都是灰蒙蒙的，中间有一只灰色旋转着的沙尘柱子，它不断地往上升起，足有三层楼高，沙尘柱子里的脏东西卷在里头飞舞：旧报纸、树枝、破风筝、烂布条子……

进屋里和大家一起包饺子，除了几个姐姐之外，屋里还有好多亲戚：小姑、万银姑爹、小多儿、延儿叔……都以地道的河北家乡话交谈。大姐擀饺子皮，动作飞快的，一个人擀可以供上四五个人包。我们兄弟手脚慢，在那儿帮不上大忙。大妈在厨房进进出出的，招呼炉火、煮了几锅水、剥蒜头、把老咸菜疙瘩切成细丝。

后屋里传出来老妇人的叫声：“小四儿！小四儿！”四姐答

应着，起身离席，我跟着她去看。奶奶躺在炕上，脸涨得通红的，挣扎着要坐起来，又扯着一只袖子说：“暖壶、暖壶——”四姐转身去拿暖壶，我也跟着出来向大家宣布：“奶奶要暖壶。”

四姐抱了个热水瓶来，奶奶还是扯着袖子没改词儿，说：“暖壶、暖壶。”闹了半天四姐才弄清楚，奶奶要换衣服。干净衣服穿上了，我站在奶奶的炕头边，老人家脸歪歪的，笑眯眯地说：“多咱来的呀？你看俺不会说话了，就是不会说话了耶。怎么小褂儿成了暖壶呢？”我点着头笑。

爸爸说过从前的事：爷爷闯关东还没闯出什么名堂来，我们的亲奶奶就过世了，一点福也没享到，爷爷续弦另娶，爸爸和后娘不亲。爷爷走了，儿媳妇大妈就一直侍奉着婆婆。奶奶去年冬天中风，说话和行动都不行了。她最喜欢四姐，病了之后更是赖着她，什么事都叫“小四儿”。

四姐同我们在东城住的那段日子，母亲曾经以她做我的榜样：“得学学你四姐嘛！功课不用大人操心，以后放学回来先把作业做好再出去玩。”可是写完作业天就黑了，小朋友个个回家吃饭，还玩什么屁？四姐问我：“学会溜冰了没？”“哪儿去学，又没有人带我去北海呀！”“下回叫小五子教你。”五姐的运动细胞最发达，男同学都比不上她。

该吃饺子了吧！大妈头发上有几处白面粉，脸上沾满水蒸气，湿渍渍的，她从厨房里出来说："再等一等吧！""还等谁呀？"大姐的声音响亮，她是这儿的头头。"他——他爹不是要来吃饺子的吗？""等他呀！"大姐没好气地说："得了，那还有个准儿吗？上回爸爸说只出门几个月，好家伙，一去就是八九年。""那是抗战嘛！你看你说到哪里去了。"

大姐、二姐、三姐对父亲的意见很大，说他对不起大妈，更不是个负责任的爸爸。爸爸感叹，女儿都遗传了王府的言语便给，三对一地干起来，真的说不过她们。现在二姐交了个男朋友，那人根本就是个共产党。

饺子吃完了，我学五姐硬是吃了一瓣生蒜，满嘴热烫烫的，喝起饺子汤来更辣得厉害，像着了火似的。切成细丝的老咸菜，夹在馒头里头，配上大白菜豆腐粉丝火锅汤，是最好吃的一道。

饭后掷骰子，一只大海碗放在桌子中间。男士们掷骰子，对着手中的几粒骰子奋力吹气，嘴里念念有词地说着脏话，猛地一下子丢进碗里去，接着是大家又叫又嚷的，然后有人欢呼有人叹气。我闹不太清楚是怎么玩的，怎么算输赢。

大姐一路输得厉害，又轮到她掷骰子了，她说："小方，你来替我掷一把，给我换换手气。"我学起大人的那副架式，握住几粒骰子摇了几下，对着吹了口气。大姐说："对，使劲吹，吹走我的那股子霉运。"我用家乡话说："他奶奶个熊的——"

哗啦啦啦，骰子在大海碗里滴溜溜地转着，一阵欢呼，大姐尖叫，大概真的替她转了手气了耶！听见有人夸我："这孩子还能说几句家乡话咧！"

爸爸到很晚才出现，闹哄哄的大家同他打招呼，说着闲话。雇了辆马车，走在寒风飕飕的阴冷北京冬夜里，听见马蹄清脆有节奏地在冰地上敲，我冷得直打哆嗦，用车里的毯子盖住腿，困到睁不开眼睛。

"爸，什么时候我们再来大妈家放风筝、吃饺子？""喔！"

没等到下个放风筝的秋天，我们去了台湾，大妈和姐姐们都留在大陆。

后记

一九七一年，我从美国回到北京。安排时间去寻访童年旧居：西总布胡同三十八号，宽敞平坦的胡同在一九四九年前就铺上了柏油马路。我在胡同里来回徘徊，凭儿时的印象找大门儿。对，就是这间老宅子。红大门的油漆片片剥落，门槛中段磨损到出现弧形凹陷。门旁有两只小石狮子，狮子的脸部却已模糊不清。大门虚掩着，我怯生生推门跨入。迎面就是一堵墙，完全对头。原来墙上有幅字画，现在是一片灰黑色，墙前堆满了一人多高的杂物、垃圾。左右分两间院子，院子的南北向各有一家住户。我们当年住在右首院子的南屋。转入右边的院子，低矮的铁皮屋盖了一片，哪还有什么院子。

站在那儿发傻。光膀子的中年男子正蹲着扇煤球炉，他抬起头来怒目而视，额头的汗珠朝下滴，操起京片子吼着："你找谁呀？"尾音拖得很长。

"我——我就是来看看，从前我们住在这儿。"

"从前住这儿又怎么了？"他站起来，足有一米八的个头儿，双手叉腰挺着肚子，我狼狈而退。站在三十八号的对过，仔细端详这扇旧红大门，是这儿准没错。

踽踽独行，走到胡同口。回首望去，这条胡同又直又长，看不到尽头。

二〇一七年哥哥因病去世，我带着他的身份证回到北京，老哥儿俩再一块儿游一次故土吧！北京已经是个超级大都市。朋友开车经过东单，街道胡同都人挤人的，但是这片市容大致没怎么变。我说："咱们去西总布胡同瞧瞧？"

停车的地方老远的，沿着东单大街走，灰尘掺杂在雾霾里，眼睛觉得干干涩涩。街对面的协和医院像一所大市集，重重叠叠的盖起好几栋现代大楼，最早的那个传统建筑，就委屈地窝在一个角落里。大华电影院给封起来了，告示上说：内部修整，暂停营业。这个电影院也不是从前的样子了，盖得像个老式苏联活动中心。西总布胡同在施工，胡同变得拥挤，灰尘四起，正在挖一条坑道把电线埋进去，尘土飞扬。

沿着胡同边看门牌号慢慢走，还没走到三十八号就有点累了。你瞧瞧，当年我们要从三十八号走到另一头，北总布胡同那边再右拐，一路快走到火车站，才是东观音寺小学。冬天里冰天雪地的，每天大清早要走那么远去上学，所以我老哥就经常感冒呀！

三十八号的门牌还在那儿，一堵灰墙，一扇普通小门；原来两扇对开的旧式大门、两旁的石狮子都不在了。门口站着一位老太太，嘴巴瘪瘪的，叉着腰以怀疑的眼光看着我们这几个盘桓不去的外来客。她发话了："找谁呀？"

我说明来意。“你从前住这儿？”老太太的目光透着不相信：“我问你，那时候你的房东姓什么？”

“哎呀！那时候我还是个小孩子，哪儿知道这个……他姓郝？”只记得当年隔壁院子的那个郝家最有钱。

“不对，你真的从前住这儿？这瞒不了我，我打一九六六年就搬进来住了。”

“嗨，您差远了去啦！”我说，“我们家在这儿住到一九四七年秋天。”

老太太眼睛一亮，神情也和缓下来。她不停地告诉我们这儿十年来西总布胡同的变化，老四合院多半都改建成洋楼，三十八号也快要拆除。

“那么让我进去看一眼？”“有啥好看？歪歪挤挤的，有的过道还得侧着身子走。要看就进去看吧！”“会不会打扰里边的住户？”“咳！里头都是七老八十的老梆子，每天找不着人说话。”

原来这是一座宽敞改建过的老四合院，有东西两间院子，舒舒服服地住了四家人。现在走进去都困难，里面每一片空间都自作主张凌凌乱乱地盖满了房屋，临时用不同的建材，搭成各式各样的小屋子，偶尔在空隙间看到老四合院的木料；有的还盖上两层，阴暗窄小，空气似乎就停在原地不动了，窄小的角落里还种上花草。一扇小玻璃窗后面，一只大肥猫目不转睛地瞪着我。矮树下有四个老头在打扑克牌，全神贯注，根本没看我们一眼。曲曲折折的走道只能容一个普通身材的人通过。现在这儿住了多少人，很难估计。

在门口摄影留念，务必要把那个“西总布胡同三十八号”的门牌拍进去。

“你们是打哪儿来的呀？”瘪嘴老太太问。“我住美国好多年了。”“是啊，我的两个儿子也在美国，都是博士硕士的；一个住华盛顿，老二在那个叫什么地方来着，我说不上来。等这溜房子都拆了，我就去美国跟我儿子一块儿。”

回到旅社才想起来，去西总布胡同一趟，压根儿就忘了把哥哥的身份证掏出来，让他再看一下那个老地方。也许是成心的，幼年的记忆最适合放在脑子里，那儿最安全也永远美好。

大妈晚年在上海

从东搬到西，上了最好的学校

父亲的工作地点在保定，是那时候的河北省省会。他的大学好友当了省政府社会处处长，他说："赖不掉嘛！他忙不过来，总得有个信得过的哥们儿帮衬帮衬呀！"可是这工作真会累死人的。保定府南边几十公里，衡水、武邑一带，国共打来打去的不知道有多少次，全成了灾区。去那儿赈灾三次，可是都回不了武邑老家，老家在乡下，属于老解放区，去不了。亲戚多半都往天津跑，老家的田产早就在土改的时候清算光了。

父亲负责把从美国运到的联合国救济总署救济物资，分批从天津港口运送到灾区去。距离不远，可是卡车不够用，路被破坏得厉害，不好走。每次完成了一次赈灾任务，他就回北平休息几天，告诉我们灾区的情况真的太惨啦！像你们这么大的孩子哪儿有书念，每天脏兮兮的跑来跑去找东西吃。我们运去的食品最受欢迎，卡车一停下来周边围满了人，半个小时就发完。美国人捐的衣服，老乡多数不爱穿，后来有二道贩子用便宜价格从老乡那儿收购，清理一下子拿到都市里去卖。哎呀！咱们是胜利了，现在日本和中国都是美国的干儿子，听说日本国内已经在慢慢恢复建设了，我们还在继续破坏，打呀杀的没完没了。你看嘛，将来那个日本干儿子混得比我们强，做干儿子也不如人家，多寒碜呀！

父亲爱说真话，特别是在公众场合屡屡戳破官场里的虚伪：省府里举办领袖著作《中国之命运》学习周，他说："咱们这是学习一周，休息一年。"听者无不莞尔而笑，却让长官下不了台，处长私下里劝他多次，无效。社会处来了个青年人，才十几岁，狂傲不羁，总是发表点惊人之语，诸位同事都受不了这人，唯独父亲对他特别宽容，认为恃才方能傲物，说不定这小伙子真的有两把刷子呢！有一次这小伙子跟别人闹别扭，大声吼叫，他说：

"他妈的，老子也抗战八年！"

父亲问他："你今年几岁呀？怎么就抗战八年？""我小时候

都在大后方，先父是集团军军长，带着我们经历了独山战役。”“独山战役那年你几岁？”他扳着指头算了一会儿说：“六岁多，就快七岁了。”“噢，你六岁就抗战啦！”“抗战大业不分男女老少。”

听了这个故事我跟爸爸说：“妈的，我也抗战八年。”“好呀！我们家也出来一个抗战八年的。抗战开始那年你还没出世哩！”“可是那一年妈妈已经怀上我了呀！虚岁的算法，一出生就有一岁，所以我也抗战八年了耶！”

有一天爸爸回家很开心地宣布：我不用再去保定啦！怎么回事？黎锦熙老师叫我去办报纸，又回到语文教育的老本行来，这叫如鱼得水。这份报纸很特别，它叫《国语小报》，每个字旁边都带着注音符号，认识国音字母的人，念那份报纸的时候，一个字音都不会错。计划先出三日刊，地方都找好了，就在西城宣内大街，距离宣武门不远的那个街口上。

宣内大街的国语小报社，报馆在前院，我们住后边一栋独立老房子里。房子外面有个挺大的院子、草地、好几株大树。

搬家不久，爸爸抱回来一台留声机，一小盒子唱针，十几张唱片，都是京戏唱段。一半以上是余叔岩生前的名段子老生戏：《战太平》《状元谱》《伐东吴》《鱼藏剑》《托兆碰碑》《捉放曹》《搜孤救孤》……还有言菊朋的《骂杨广》《卧龙吊孝》，梅兰芳的《贵妃醉酒》什么的。唱片起头的声音沙沙的，有个男人用标准北京话说：高亭公司约请余叔岩老板，演唱《空城计》。他称言菊朋作先生，父亲说言大师是票友，所以不能叫他老板，梅兰芳的称呼是博士，人家确实在美国得了两个荣誉博士学位呀！

爸爸还是最爱听余老板的唱腔，一有工夫就叫我放给他听，我先把留声机摇紧了，问他："哪一段儿？""头戴着。"他要听《战太平》，朱元璋的勇将花云死守太平孤城的故事，出场就唱起高音来："头戴着紫金盔，齐眉盖顶"，但是爸爸每次都跟不上去，摇头叹息佩服透了余老板。他说："哪回我要是唱上去了，待会儿就得尿血！""再来一段我本是……"就晓得他要听《空城计》了，开始有那句："我本是卧龙岗，散淡的人！"

爸爸的香烟夹在右手食指和中指中间，半睁半闭上眼睛跟着余老板唱起来。十几张唱片我们反复地听了不知道多少遍，连不太懂京戏的母亲也能哼几句，有时候她还纠正爸爸的唱腔犯了错误，你说怎么能不佩服咱们的妈妈？

东城和西城相距甚远，我们两个小子就必须转学了。不上东观音寺小学我一点意见也没有，反正我每天见到陈豆腐，浑身上下的不舒服。但是西城的学校水平高，是不是要通过什么考试呢？一提起考试，我心里就打鼓，没信心，深怕考不好丢了我们王家的脸。

有一天爸爸兴高采烈地回家宣布：俩小子下学期给我上北平最好的小学：北京师范大学第二附属小学[①]，就是在石驸马大街手帕胡同的那个二附小。谁都知道这个二附小最厉害了，学生和老师都顶呱呱，毕业生多数能上北师大男附中或女附中——北京最知名的男、女中学。爸爸多年前从河北乡下进城，考上北师大男附中，爷爷就在老家村子里放鞭炮请客。

爸爸真的有办法，究竟是怎么一回事？我赶快捧过一杯茶去，听他慢慢道来：当年我在 ×× 中学教书的时候，班上有个乡下孩子，程度跟不上，但是很努力，勤奋有出息，我还特别花时间，在课业上帮助过他，毕业之后考上北师大。十多年之后，你猜怎么着了呀？人家是校长啦！而且是师大二附小的校长，厉害吧！在一个场合见到他，我说：现在我们是街坊邻居了，能帮个忙吗？给我家里的那俩小子安排在贵校念书。校长一口答应。所以下学

① 早年的“二附小”是北京数一数二的名牌小学，教学认真，知名校友有钱学森、王光美、张光直、成思危等。后来该校改名为北京第二实验小学。

期你们都上二附小，哥哥上六年级，他休学了大半个学期，就再念六年级吧！至于小方嘛……

“小方还是上四年级。”哥哥抢着说。奇怪了，我又没生病休学大半个学期，成绩就算不怎么样，四年级也念完了呀！二附小又没有说要考我，就算考那也得等我没考好，再上四年级，我怎么不能上五年级？

“不行，”哥哥的意志坚强，“那时候你们答应过的，我可以在家里休学，但是不能被弟弟赶上一年。”

母亲的意见：小方念书拉拉虎虎的，学习不扎实，再念一年四年级也好，免得进了好学校又跟不上班，那才叫丢人呢！爸爸在家里从来不是主流派，这次他把我们安排进二附小读书，已算是立下大功了。

我成了二附小四年级内班的学生。男生制服是浅蓝中山装，硬圆领子上绣了两圈细细的红线，女同学穿蓝色旗袍。每天早晨的朝会，列队唱国歌、升旗、唱升旗歌，听主任讲话。

入学仓促，制服来不及做，头两个星期就穿着黑色中山装去上学，特别显眼，觉得很不自在。

二附小很注重儿童各方面的发展，朝会上通常有小朋友们演短剧，内容不外乎是教导大家守规矩、孝敬父母、尊师重道。有一天演的是个小孩偷东西，后来被警察叔叔抓去派出所。演警察的同学临时找不到警察制服穿，看见我在队伍里穿黑色中山装，救场如救火，跑过来不由分说，两下子就把我的上衣给扒了去。那个同学的个子大，我的上衣像是绑在他身上，袖子太短，扣子也扣不上几颗，反正是出短剧，一阵热闹就过去了。

记得还有一位同学，在朝会上吹口琴，又唱了一首流行歌："西北风——好大的西北风哟！吹到我的屋子里。"获得满堂彩，我非常羡慕，觉得以后我要是去演戏唱歌什么的，大概也会很不错的吧！

二附小对学生的要求很严格，但是从来不体罚孩子。王导师是国文老师，要求大家多背古文。周老师教珠算，上来就是一大篇口诀，她的口诀能倒背如流。考试的时候，听见班上打算盘的声音嘀嘀答答此起彼落。口诀记不熟一定考不好，因为她出的题目多，有连乘、连除，想以心算、纸上笔算根本忙不过来。成绩不好的同学，每天午休时间要去教员休息室找周老师背口诀。她横躺在椅子上闭目休息，学生报上名来，自行背上一段口诀，没错的话老师就挥挥手，学生鞠躬离去。一点也没耽误她休息。

体育老师王麻子，这是五年级同学传下来的绰号，因为她脸上的麻点密集。还有同学用比较文雅的称呼："天花乱坠"。北京孩子是那种有程度的坏。王麻子主要教同学打棒球，她说棒球从美国传到日本，日本人管它叫"野球"，日军占领北京的时候，推动学生打棒球。她教我们棒球规则，用日式的英文说好球：Strike，她的发音像是：斯特来基，我们听了就说：死得来劲。一坏球 ball one，我们说：饱了玩儿；二坏球 ball two：饱了吐；三坏球 ball three：饱了睡；四坏球保送上一垒，我们就大喊：保送女附中！中文翻译都很确切。打棒球热闹好玩，一场球赛可以有几十个人参加。

我那时的身材瘦小，总捞不着上场，在一旁老做啦啦队也是无趣。班上有位韩姓同学，块头比我还小，成绩优异但是在体育方面的表现和我也差不了多少。有一天王麻子看上小韩了，派他当一垒手，小韩表现不错，每个球都接到，成功封杀了上垒者，王麻子对他夸赞不已。我在一旁羡慕忌妒万分，认为接个球的本事我也有，怎么就轮不到我来当一垒手呢？仗着和小韩的交情好，就在一旁向小韩央求：

“让我也来接次球吧！反正王麻子没朝这边看，她不会知道我们俩换手了。”小韩不同意，说老师没叫换人，他不敢做这事。我还是不停地要求，这时候三垒手传长球过来，小韩因为分心漏接了，对方接连得了三分。

事后王麻子追究责任，把我叫到走廊上痛骂了一阵子，男女同学围着看，丢人透了！怪谁呢？这次骂得结实，麻子老师真的在生气，但是我没有哭，以后就很少为这种事掉眼泪，脸皮练得已经有防御力了，还是我学到了什么？得不到的东西别去忌妒，一个劲地去要也是白搭。爸爸有句名言：挨骂又不疼，难受什么？

四年级的课程已学过一遍，所以在这个好学校里我还跟得上，成绩中流，维持在二三十名。同我最要好的同学姓厉，大眼睛，个子不高，花样很多。他的特征是身上老是带着一股子尿骚味，我以为他也是个无法克制的尿床小子。

下课的时候他总是领着头玩游戏，北平的冬天冷，操场经常结冰，在上头跑容易摔跤。精力充沛的男孩子们干什么呢？厉小子发明了个“挤冬瓜”游戏，大家排成一队，靠着墙两头互相挤，被挤出队伍的就成了冬瓜了。大家玩得起劲，又挤得暖乎乎的。

他挺聪明的，算术题目做得又快答案又正确，但是作业老是迟交，上课迟到的次数多，老师已经警告他好几次。有一天早晨他又迟到了，王老师问他为什么迟到，小厉涨红了脸半天说不出话，后来就哭了起来，结结巴巴地说是买酒去了。买什么，买酒？对，去给他爸爸买酒喝。老师没再追问，叫他回座位上课。

去过厉小子家好多次，他家离《国语小报》不远，可从来没见过他爸爸。厉小子是大哥，弟弟妹妹好几个，他妈妈忙不过来照顾小孩子，不时大声叫厉小子做这个拿那个的，去胡同口小铺子买点东西。他家里乱到简直走不进去，屋子里骚气冲天，没洗的尿布到处都是，就和他身上的气味一样。我问他，你每天在家里有地方写作业吗？他说就在那家小店铺子里写，跟他们挺熟的了，借个地方坐下写功课，做习题。不能在家里做这些，弟弟妹妹一下子就把书和簿子扯碎了。

一天半夜有人急着敲门，把我们都吵醒了，爸爸披上衣服去应门，问："是谁呀？""请问你们这儿是姓王吧？！"爸爸回答："你才姓王八呢！"我听出来那是厉小子的妈妈，打开门只见到她一脸的焦急，说："请问厉××是不是在你们家？"没有哇！下午放学以后就各自回家了，他没来我们这儿。

奇怪了，深更半夜的厉小子去了哪里？第二天在学校，我私下里问他，你昨儿晚上去哪儿了？都十二点了你妈还到我家来找你，厉小子不经意地笑了笑，没答腔。

1979年回到实验二小，与四年级级任王老师合影

月下舞刀

北京老房子的窗户，木头窗槅纵横相接，入秋之后就在窗户的两面糊上新的半透明窗户纸。月色明朗，夜风起了，睡不着，就缩坐在被窝里听窗外的风声呼啸。窗户纸上有绰绰人影在晃动，这么晚了是谁还在院子里？

披上衣服到院子里去，只见父亲半弯着腿慢慢跨步，右手举着那把佐藤大佐送给他的日本军刀，月光将泛青的长刀照得闪闪发亮。爸爸的体态墩实，军刀舞得笨拙，左一挥右一撇，然后再往前跨步。这个景象太吓人了，我站在台阶上，怯生生地轻叫一声："爸爸，您在干什么？"

"站远一点儿，爸爸心里闷得慌。"我离着他有好几步远，已经闻到他身上的酒气。跌跌撞撞地舞完了一段，他将军刀画了个三百六十度的圆圈，收式不怎么潇洒。重重地坐在台阶上，军刀放在身旁，他深深地叹了口气，说：

“为什么，为什么就是不让这些事情过去，她折磨起我来，真的好难受哇！”

爸爸喘不过气来，努力吸了口气，声音在颤抖，回头发现哥哥正站在我身后，他上唇微微张开，双眼望着爸爸，眼光里充满了恐惧。

爸爸嘟嘟囔囔地低声说话，不知道他在说什么，我们开始害怕起来。又见到他再拿起军刀，就着月光低下头仔细地看那明晃晃的刀刃，以左手拇指轻轻地在刀锋上抚摩，又在自说自话，我走到他身旁，这回听见他说的了：

“亏得他们做出这么锋利的刀口来，所以说：引刀成一快，不负少年头嘛！可是这颗头也不再年轻了！不就是在脖子上快快地划过去，一切就这么了结了，还吵个什么？”

都听清楚了，我被吓得哭出来，但是不敢大声哭，不断饮泣，两人低声央求：“爸爸不要这样，不要这样——”爸爸才突然回过神来似的恢复了平常的样子，他干涩地笑了一下：

“别担心，爸在开玩笑，你们都这么小，一定要看到你们大学毕业，再去念硕士、博士。爸爸还有好多事要做；办好这个《国语小报》，否则对不起黎老师。要让你妈妈的身体好起来，心情也好起来，我们要每天开开心心地过，开开心心的——唉！”

我马上想起来这都是为什么了。今天下午大妈带着奶奶还有五姐，突然出现在我们家，大妈的神色紧张，奶奶笑眯眯的不断地说：“这几天俺好多咧，好得多咧！”母亲就在里面的屋子里没出来，大声地叫小张妈，小张妈给客人端上来热茶。大妈一直靠着八仙桌没坐下来，爸爸喝了一口茶，咂着嘴然后慢慢地嚼茶叶，用家乡话说：“啥事儿？”

听大人讲话最没意思，我和五姐去院子里玩。抓到两只大蝎子，用锡纸包起来，架起几根小树枝来烧它，烤出来的气味有点儿像烤煳了的蚕豆。五姐邀我下次去他们家前面的空地放风筝，她有一只跟人一样高的孙悟空，还有一对连在一块儿的蝴蝶风筝，放上去会一上一下地跳舞。她们没待多久就走了。

晚饭后母亲罚我写三张大小楷，写不完不准睡觉。“为什么罚我？”“因为你不听话，同野孩子玩。”“可是她不是野孩子呀！”我急着辩白，“她是五——”“还敢强辩！”母亲的脸色很难看，上嘴唇左角陡然往上提，嘴巴就成了个不等边三角形。爸爸始终不发一言，真不够意思，他明明知道是怎么回事，怎么不来主持公道呢？我还在说："她不是野孩子——"妈妈突然厉声对我呵斥："住口，住口！"她脸色铁青地冲进卧室去，摔门的声音非常重。父亲骂我："不许对母亲做无礼的犟嘴！"

手中的毛笔有如千斤，小楷一路歪斜地写下去，睡意阵阵袭来，眼睛困得简直就睁不开。现在体会到爸爸常说的那句话："眼皮子底下像塞了块棉花似的。"隔壁大人的吵架声越来越响，小孩们赶紧去睡觉，然后醒来看见爸爸在院子里挥舞军刀。

爸爸坐在台阶上又深深吸了口气，再缓缓地吐出来，以拇指抠住食指成了个圆圈，然后发力弹出食指来，敲在军刀刀刃上，有一种阴森森的声音隐隐传出。他说：

"这事儿都跟你们说过，老家里过了十五岁的男孩子，就得给他娶个媳妇，不然的话人家会笑话，这家子人太穷娶不起媳妇。我十五岁那年成婚，还是个混小子懂个屁呀！闷着头生孩子呗。去北京念书，跟同学们熟了，谈起来个个差不多，我们这一代人，家家户户都这样。"爸爸苦笑着，"那个年月自由恋爱在大学里可流行着哪！爱来爱去废寝忘食地追求异性。像老牟写的什么新诗：我枯竭的生命中，缺少那爱情之水，自从遇到你，我才有了生命之泉……两个月就追求到手，他马上回老家把他的原配给蹬了！这事我做不出来。”

“奉父母之命的婚姻，怎么会幸福。她是孩子的妈，辛辛苦苦地抚养他们，服侍公婆多少年。后来也搬到北京来住，可是在一块儿过没话可说，絮絮叨叨的尽是鸡毛蒜皮的事。我累了想看一本书，叫她到书架上去拿，再怎么形容那本书，她还是拿错了。不识字呀！这能怨谁，我去跟谁吵架呢？”

“后来跟妈妈结婚，你们就很好了。妈每次拿的书都是对的。”我说。

“其实都是我给你妈拿东西，”爸爸说，“这么折腾下去，我还看什么书呀！”

爸爸有个似笑非笑的表情，我发现他眼角上的皱纹很多。

“同你妈结婚是为了爱情、自由恋爱，吵架也只有认了。同她们分开是在反封建？！”父亲笑得怪异，“当然应当先离婚再结婚，但是法律上能离，在责任、在道义上我能不管她们吗？一大家子人得活下去，孩子们要上学。那一年你妈不知怎么就知道了我还没有办好离婚手续，可是那时候正在抗战哪！她气到不行，说我一直都在欺骗她，又要同我离婚。趁着我出差她不告而别，带着你们去了南城，真把人给急死了，兵荒马乱的多危险哪！”

噢！原来是因为这件事，我们才去了南城。

母亲说

爸走了三年后，妈妈在台北出版的《学府纪闻》上发表《怀念弗青》一文，其中有一段：

> 我在山东济南民众教育馆当电影院主任，自知性格内向，不适于担任此职，多次请辞。后来弗青接了我的工作，我们是前后任，接触比较多。我听他谈吐，看他气质，知道他是一位生性梗直，有胆有识；择善固执，不贪权势，勇于负责，乐观风趣，热心爱国，为国家民族努力奋斗的铁铮铮好汉。——民教馆在大明湖畔，假日结伴游玩，游遍了千佛山大明湖，以及济南附近的名胜古迹。我们的友情逐渐增进。

茀青认为吃是人生重要的一环，能吃才能做，所谓“人是铁饭是钢，一顿不吃饿得慌”。他在外教书，由于吃得多，伙食团都不太欢迎他。民教馆的伙食团，竟然有人提议要把他开除。在保定六中时，他的好友梁子美曾撰了一首词：“王茀之青，训育六中，德薄能鲜，食量甚宏，酸甜苦辣，样样都凶，无以名之，大饭之桶。”他们是老同学，戏谑之词都一笑置之。

后来我到北平扶轮学校教书，他在天津泊镇师范任教，假日我们在北平相聚。经常一同出游，玩遍了皇宫内院、天坛太庙、颐和园、中山公园……这时候我们的情感虽增，未曾提及更进一步的问题。原因他自知，他是父母之命、媒妁之言下的牺牲者，不敢做非分之想。

最后他想出一个最大牺牲的办法，他们的皮货店是上一代共同经营的，那时已发展到天津，天津锅店街有永信成分号，生意蒸蒸日上，论财产他有三分之一。于是他就将这份财产，作为离婚及教育几个女儿的费用。手续办妥之后，我们才于民国二十四年四月十日在北平市东兴楼宴客结婚。当时来的亲友好多，非常热闹。许多人在礼堂上大唱喜歌，喜歌有五六首。可惜事过境迁，多不记得了。有一位茀青的学生在扶轮学校和我同事，退休后住在美国，他来函告诉我，当时的喜歌他还记得一首：

茀青端群，端群茀青，相识相爱，相合相凝，楼上楼下，脉脉两情，驴前驴后，尽瘁鞠躬，时至今日，大功告成，装在罐里，其乐无穷。（注：母亲字端群，父亲字茀青。）

有几句需要批注：楼上楼下：民众教育馆电影院的三楼是职员宿舍，楼下是电影放映室，电影开场后他即上楼来找我们谈天说地，电影散场他才下楼。驴前驴后：在济南、北平郊游之时常以驴代步，我骑驴背，茀青则步行随护。装在罐里：那时我们住在北平苏州胡同里的罐儿胡同。

我们因相爱而结合，他放弃家财和我共同生活，细想起来他成了上无片瓦、下无立锥的穷汉了。

啊！罐儿胡同，爸爸同我们讲过很多次住在罐儿胡同的故事，最难忘的是大妈喂哥哥吃奶。

爸爸说："我同你妈刚结婚就住进罐儿胡同八号，挺好的小四合院儿，整整一个月待在屋里，哪儿也没去。好朋友们发现原来我们躲在这里乐，他们突然出现，带着酒菜来闹了一整天。哎呀，那时候的北平多好哇！人文荟萃，前所未有的思想自由开放，知识分子的天堂。”

“后来你妈怀孕了，生下头一胎，我们两个都手忙脚乱的。是呀！我都有五个女儿了，怎么还不懂得带孩子？惭愧，年轻的那段时期，我天南地北地跑，她们都是你大妈一手带大的。”

“有一天你大妈突然到罐儿胡同八号来了，大概是为了安排你们哪个姐姐上学的事。她看见床上躺着个小子，扯着嗓门儿在哭，过去看了看，然后一句话没说抱起孩子来，解开衣服喂奶。这小子不客气，咂巴咂巴地吃奶吃了个够，一觉睡到天亮。”

“为什么大妈能喂他奶呢？”我问。

“咳！你五姐那时候也才几个月大嘛！”爸爸说到这里，总会露出微笑，“你妈妈的身体一向很弱，奶水不足，你们俩都是靠着奶粉长大的。她又是个特别有纪律的人，算准了时间喂小孩，那天大概是你哥的胃口特别好，还没到时候就饿得受不了啦！”

每次讲完这一段，父亲便有掩不住的得意之色，然后一再叮嘱，可不能在妈妈面前提这个。那是哥哥的头一次也是唯一的一次彻底享受了母乳的滋润。我连一次都没有。

后记

我从台湾赴美国留学，一九七九年去大陆找到了四姐全家。四姐在同济大学教书，大妈和他们住一块儿。已经过八十岁的大妈，是位面貌清秀体型消瘦的老太太，眼睛不好，她把脸靠着我很近，拽着我的衣服说话。很久没听到这么纯正的乡音了，她说："方啊！你——你爹好不？"

大妈絮絮叨叨地跟我说从前的事：抗战期间带着五个女儿，你爹在后方，整个断了联系，每个月去永信成的柜上拿点生活费，在北平就有一顿没一顿的挨着过。去柜上拿钱，还要看那个"挫把子"的脸色。"挫把子"，他够不着碗架子！大妈不断重复这句话，不停地骂"挫把子"。

四姐告诉我："咱们老王家的永信成皮货庄，是爸爸他们几个兄弟的共同祖产，一直是叔叔在经营，爸爸去后方之前，大概说好了，她们的生活费由柜上每个月出钱支付。但是这边是下堂大嫂和她的几个女儿，抗战时期柜上的生意也困难。"

每次拿月钱是一桩艰苦的任务，都是四姐陪大妈去的。早年的记忆难以忘怀，四姐说："通常要在那儿站一天，看着柜上的人来来往往，最后看见我们还在那儿等着，极不耐烦地给钱打发掉，或是说今天没多余的钱了，过两天再来吧！"

出面应付她们的总是那个管账的老伙计，粗声粗气冲着母女吆喝，态度坏透了，个子又特别矮，她们给他起了个外号："挫把子"，就是锅边上的短把柄，北方话叫挫把子。

四姐说："站在柜上的一个角落里一整天，人家把你当成透明的空气，过来说话一张口就大声呼叫，一脸的厌烦；那是永远忘不了的屈辱记忆，我们怎么那么惹人厌哪！要是爸爸在北平，他们敢吗！？"

一九七五年父亲在台北去世。中风之后他丧失了语言能力，每天努力地牙牙学语。我单独陪着爸爸的时候，通常他默坐着，然后会对我说："小方啊！我——我难受，你看哪！她们哪——她们五个——""噢！五个姐姐？""唉！——我——良心——良心——"他把手按在胸口上。

四姐家那时只有一台十多寸的黑白电视，后来哥哥提议："我去买一台大的彩色电视过来吧！""那敢情好，"大妈说，"你可要买咱中国的电视啊！那个外国电视俺看不懂。"

办墙报·狗咬屁股

四年级丙班要办一份墙报，欢迎同学参加。我一时冲动，举手报名了，但是并不知道自己能做什么。级任王老师仔细地跟同学们讲解，怎么来办好一份墙报：它有半堵墙壁那么大，上头要有好多篇文章、彩色图画、美术设计，墙报上的文章要一个一个地用漂亮毛笔字写上去，好费事哟！老白薯姓白，从来没有人叫他的真名字，这位哥们儿的小楷，写出来就和刘春霖小楷字帖差不多少。绰号唐老鸭的小胖子是漫画专家，随手刷上几笔，卡通人物就一个个活灵活现地出来了。王老师叫他们两个当总编辑和副总编辑，问其他的人会做什么，我答不上来，心里琢磨着，到时候我就在一旁随便帮个忙，磨磨墨、铺平了纸、调调颜色盘子、搬东西，因为我的小楷写得太难看，更不会画画呀！

王老师说打杂的事临时找人来干就好，大家都是墙报的编辑，每个人要负责一块版面，去找同学们写稿子，到时候交上来，稿子不够的话那个编辑就得自己写，补足篇幅。王老师要我负责文艺篇，什么是文艺篇哪？就是写好的故事、诗歌、寓言、童话、笑话什么的都行，但是不能瞎掰，那会教坏了孩子的。

找小韩写篇稿子，他摇着头表示不喜欢写那些东西，要专心做个世界知名的科学家。厉小子也拒绝了我，他瞪了我一眼说："我连平常的作业都没工夫做完呢！"对了，坐在我前面姓成的女生，她总在书包里带着几本最新的翻译小说：《人猿泰山》《泰山救美》等，都是最时髦流行的翻译小说，上课的时候她会偷偷地低着头看小说，我从来没说出她上课偷看小说的事，因为我也想看她的那些小说。她倒是挺大方的，向她借小说一般都答应，条件是她看过的小说才借，三天之后一定要还。我向成同学约文艺稿，她很爽快，一口答应，不用同她解释，她爸爸是办报纸和杂志的，家里四处都是稿子，到时候一定准时交稿。又借给我一本新小说：《汤姆历险记》，礼拜三一定得还给她。

文艺版至少要三篇稿子才够，怎么办？自己写吧！想来想去不知道该写什么才好，问哥哥的意见，被他嗤之以鼻，字写得歪歪扭扭，还写什么文艺稿嘛！交稿子的期限快到了。那天傍晚爸爸跟着高亭公司的唱片哼完了一段言菊朋的《骂杨广》，最后两句是："怒气不息公案闯，手提羊毫写两行。"看他的心情不错，我说：

"爸，我这儿提着羊毫连一行、一个字都写不出来，怎么办？"爸爸问了问详情，然后说："就来个好玩儿的吧！写篇童话。"大家开始闲聊，每个人都说了点意见，故事慢慢出来了。追忆当时所写的，大意是：

一个很不听话的顽皮小男孩，经常惹纰漏，父母老师谁也管不了，由着他胡混。有天晚上他梦见一位仙人，仙人送给他一只大口袋，打开一看，里面装了好多宝贝：撒谎袋、偷懒包、打马虎眼盒子、隐身草……都是又好玩又好用的东西。醒过来之后，床边真的有个口袋。顽皮小子得了这许多宝贝，更加得意了。

撒谎袋真好用，上课迟到老师要罚，他就从撒谎袋里一掏，谎话立刻就出来了，老师同学听了全相信，不罚他。该交的作业根本没做，打开偷懒包，里面就摆着一份写得整整齐齐的作业。考试题目每题都不会，偷看隔壁同学的考卷，老师气冲冲地过来，赶紧掀开马虎眼盒子，监考老师走到后面去了，根本就没有注意到他。隐身草特别方便，捏着它走在街上谁也看不见。他就在各处乱逛，随手拿摊子上的东西吃：艾窝窝、驴打滚、切糕、绿豆糕、自来红，还偷吃了好几大碗的冰激凌，都没事。

有一天胡同口来了个卖蟹壳黄烧饼的，烧饼闻起来真香，他忘了没带着隐身草，当着烧饼师傅就拿了一个大口地吃起来，结果被警察叔叔逮个正着，在派出所里住了一晚上。又梦见那位仙人，他收回那个口袋，临走的时候告诉这顽皮小子：天下哪里有那么多便宜事儿！你得好好读书，听父母老师的话，别再撒谎、偷懒、偷东西了。以后这个顽皮小子就努力用功念书，变成了个好学生。

成同学交了她的一篇，我又写了个笑话，不过就是爸爸平常讲的那些我们都听腻了的土乡下段子：

穷秀才坐在渡轮上无聊，和船夫瞎扯，问他叫什么名字，唉，乡下人没名字，打小人家就叫我狗崽子。多不好听，我给你起个名字好了。那敢情好，老爷有学问，起的名字一定好。你就叫米田共吧！谢谢，太好啦！秀才就左一声右一声地叫他米田共。又问他：你家里有几个令尊令堂呀？小的不懂您说什么耶！令尊是你的儿子，令堂就是你女儿。哦！家里的会生，生了三个令尊四个令堂。福气大！满屋子的令尊令堂，哈哈哈！船夫客气地问：老爷有几位令尊令堂呢？胡说，不准你问。哎呀，怎么回事，老爷这么个大好人，难道连一个令尊令堂也没有，真是老天爷不长眼睛哪！老爷不嫌弃的话，我就送一个令尊一个令堂给您好了。秀才气坏了，破口大骂，乡下人也不服输，两个人在船上大吵起来，最后船夫对秀才说：读书人有什么了不起，你还能把我米田共给吃了吗？

顺利完成交给我的工作。没料到级任王老师当着全班夸奖我那篇顽皮小子的故事，还决定把它放在墙报的头一篇，又说王同学为墙报写了两篇稿，表现很好。这下子我在班上还真的红了一阵子，至少同学们认为我的作文还不错。但是我心里还是有点不踏实，因为这篇故事是我们王府的集体创作，而且偷吃蟹壳黄烧饼那一段，曾被哥哥强烈反对过。

校长邀请爸爸去二附小演讲，因为天气太冷，大家坐在教室里听父亲在播音室里讲故事。在那个穷困的年代我们每间教室都装了播音系统，可见它是个重点学校。爸爸讲抗战时候我们在江西铅山的事儿：走山路被蛇咬、老虎就在身后头吼叫、武夷山顶日本飞机扫射……爸爸讲得非常生动，声音表情忒丰富，俏皮话又多。

演说特别叫座，事后几百个同学都挤在播音室外面，争着看这位忒会讲故事的王伯伯究竟长的是个什么样子？我站在很后面的台阶上，远远地看见校长陪着父亲走出来，许多人争着同他握手，阳光晒在爸爸的秃顶上闪烁。当天老师和班上的同学意犹未尽，一直问我江西是个什么地方，那儿冷不冷，讲几句江西话来听听，哎哟，怎么是这个味儿的，好难懂。你爸爸什么时候再来给我们讲故事？那天我在学校里出了点风头。

每天放学回家，班上的同学分组，先在操场上集合向老师鞠躬说明天见，然后一队队地齐步走出校门，到了大街口上才解散，分头回家。每一组有个带队的同学，走在队伍旁边，喊着“一二一”，要求大家步伐整齐。办过墙报之后，王老师也偶尔派我做带队回家的小队长，这可是个荣誉，不是好学生怎么能当上小队长呢？

手帕胡同是条窄巷子，泥土路，两旁都是一般人家的住户。在一个拐角的地方，有一家养了条大土狗，看见有人走近了点儿就疯狂地叫个没完，蛮可怕的。狗主人也不管，坐在门口看见过路的小孩被吓到，还挺开心地呵呵笑，说：“别怕，会叫唤的狗不咬人。”

那天下午，我们列队齐步走，我走在队伍的左侧，大声喊着“一二一”。路过养大土狗的那家门口，我更加提高了嗓门，大土狗冲出来汪汪地朝着我们狂吠起来。仗着人多，我就对着那狗挥手并大声呵斥：“给我滚远了去，你这臭狗！”真的有那么点儿小队长的派头耶！转过头来没注意，就听见身后头有窸窸窣窣的零碎脚步声，然后左边屁股来了一阵剧痛。那条土狗趁人不备，猛地冲过来在我的屁股上狠狠地咬上一口，然后它一溜烟儿地逃进门里去。

屁股上的疼痛倒还没什么特别了不起，受到的惊吓则非同小可，没出息的我，躺在地上立刻哭了起来，厉小子蹲下来问我，那畜生咬到你哪儿了，流血了吗？同学都围过来看着我。现在略微扭动一下，受伤的地方就疼得厉害，厉小子建议让他看看那伤口，那怎么行，有五六个女同学伸着脖子在看我，不能当众脱下裤子来呀！小队解散，大家自由回家，厉小子扶着我一瘸一拐地走到国语小报社。

伤得不算严重，母亲给我擦了点红药水，如果好不了的话就去看梁大夫。接着又有一顿教训："放学就该专心地走路快快回家，干吗要去撩街上的狗？当天的功课抓紧时间尽快做完做好，每天你要等到困得睁不开眼睛才做功课。下次我会当面告诉王老师，这个学生在家里就是游游荡荡死拖活拖地混到半夜。"

妈妈哪里知道，放学后不立刻回家，是我们经常做的事。我和厉小子一路闲聊，走到宣武门的城墙根下，用手摸一下城墙再往回走。城墙那边有一个菜市场，到了下午多半都收摊儿了。厉小子可是眼明手快，他能在路边捡到不少新鲜蔬菜、碎肉、骨头，有一次还弄到一条不算小的鱼，我帮着都揣起来带到他家去。

自从狗咬屁股事件发生以后，王老师就没有再派我当小队长了。本来嘛！小队长要能维持住队伍的尊严，每天保证同学们平安回家，怎么弄到小队长让狗咬了屁股呢？不当这个小队长倒无所谓，只是那天我躺在地上捂着屁股嗷嗷地哭起来，当时还有好几个女同学瞪着眼睛看着我，实在太丢脸。

在二附小的辉煌日子很短暂，以狗咬屁股蛋子收场。

后记

我自美国赴北京拍电影，接待单位特别安排回北京西单手帕胡同实验二小，当年的北师大二附小参观。学校外观还依稀认得出来，里面盖了许多教室，操场变小，不能打棒球了。校方特别找到两位退休的王老师来相会：国文老师和体育老师，当然都不是记忆中的模样了。我很有自制力，没有提那个绰号王麻子。谈起数十年前的桩桩往事趣事，大家笑得前仰后合的。小韩呢？噢，他可是出息了，二附小的毕业成绩优异，直接保送北师大男附中，又上了北京大学物理系，人家在专业领域里表现得才叫突出呢！厉 ×× 去了哪儿？听说他在工厂当技术工人，也有多年没联系了。

二位老师都说我小时候长得很高大，露馅儿啦！当年我跟小韩、厉小子都是班上最矮的小鬼，就是坐在前排最胡闹的那几个。她们根本就记不起我了，伤心。这也难怪，我没有在二附小毕业，五年级上了几个星期就去了台湾，老师们一生教过的学生数以千计，谁还记得一个只念了两个学期，又不甚起眼的小浑球呢？

二十多年后，我再度去北京，在一个偶然的机会与北京市政协副主席韩汝琦，就是小韩，通上了电话。谈起来五十多年前的二附小：当时的老师、同班同学、发生的大小趣事等等，英雄所“忆”略同，一一都对上了号。最后小韩很诚实地说：“抱歉，我还是想不起来您究竟是哪位同学！”为此我心里难受了三天。

上了香港凤凰卫视的访问节目，谈起我当年在二附小的种种，对那段日子的记忆仍然鲜活，感叹老师同学们都不记得我了，尤其是那个没什么记性的小韩。几天后接到韩副主席打来的越洋电话，他说：“正方，你在节目上骂我们啦！”

在台湾遇到四年丙班的成嘉玲同学，她是著名新闻界耆老成舍我的长女，长兄成思危，曾任人大副委员长。我和成嘉玲在同一年都考上台湾大学，彼此互为历史最悠久的同学，在台湾没有其他更老的同班同学了。她历任台湾世界新闻大学校长、董事长。

孔傻子・刘喋喋・脸面上见高低

经常来国语小报社串门子的孔傻子，身材高大，戴着深度近视眼镜，他是爸爸大学同班同寝室的同学，两人从年轻时就不分彼此，无话不谈。我们小一辈的平常也跟着老爸“傻子傻子”地乱叫，当着面可是很有礼貌，从来不提这个绰号。头一次见到我们兄弟俩，孔伯伯赞道：“哎呀！这两个小子可真是龙生龙、凤生凤、耗子生的会捣洞啊！”爸爸抗议：“傻子，你到底是夸奖我还是在糟蹋我呀？”

父亲讲傻子伯伯的故事：黑龙江大财主的长孙，家道富裕，他们同在北师大读国文系。四年下来傻子没好好念书，吃喝玩乐的事却做过不少，遇上考试、交报告就来央求同学帮忙，爸爸曾多次替傻子伯伯捉刀，一一渡过难关。他为人大方仗义，对朋友很厚道，请客做东毫不吝啬。爸爸上大学的时候喜欢搜集善本古书，但是好的善本书要价都特别昂贵，只能借故去书斋翻看几页过过瘾。有时候爸爸偕同傻子伯伯一起去，就鼓动他买善本书，只要傻子伯伯家里汇来的钱还没挥霍光，他总会不假思索痛快地买回去。傻子伯伯就在宿舍里摊开每册善本书，一面大声宣告："造印子了啊！"在每本书的首页和最后一页，小心翼翼地盖上他的私章，善本书的前后页盖上了私章，归属权已确立。但是傻子伯伯不太看这些书，"造了印子"的善本书，都是父亲或其他同学在细读把玩不已。

大学毕业以后，他回黑龙江老家发展，偶尔和父亲互相通信。孔傻子在家乡花钱办了所中学，当上孔校长啦！不久发生"九一八"事变，东北成立伪满州国，接着是抗战军兴，老朋友们多年都断了联系。回北平不久，两个老同学又碰上了，孔傻子说他捡回一条命来，老家已是共产党的天下，大地主一律被清算斗争，家产全部充公，逃到北平来投靠他叔叔。早年他爷爷在北京经营了些生意，所以现在他们家还能过个日子呗！

傻子伯伯的东北话特别铿锵，卷舌和不卷舌的发音完全给颠倒过来：将三、四说成"山、是"，人的发音是"银"等等，还带着一种不同的抑扬顿挫，挺有趣的。他不时说些妙语，突然停电屋子里一片漆黑，他大声说："猴子吃花儿了呢！"黑了下来这猴子为什么要吃花呢？到现在还是搞不太懂，也不会用，却老是忘不了它。

他没有固定的工作，不上班在各处闲逛，所以经常在国语小报社出没。开始的时候老同学一块抽烟喝茶，聊起来就是好几个钟头，顺便蹭一顿饭才走。后来父亲的报馆业务忙，经常外出，傻子伯伯来访，母亲同他没什么好说的，在我们那儿枯坐一会儿没什么意思就告辞了。可是我还是见到傻子伯伯老在后院里出出进进的，他没来我们家，反倒是常去后面的刘家喝茶聊天起来。

刘家共三口人，夫妻俩和一个比我们大点的女儿小华。他们家在我们后面二十几步远，两家共一个园子，中央有一棵大桑树。我们给刘伯伯起了个外号：刘喋喋，因为他和爸爸谈话的时候不断地点头说：对对对！口音有些奇怪，"对"字的发音是喋。

刘喋喋的脾气不小，经常对他的妻女大吼。某个很冷的冬天晚上，我见到小华在门外罚站，站了好久。修房子的工人不小心，把刘家的一扇新门敲坏了一点，被刘喋喋发现，上去就捶了那工人好几拳。块头很壮的工人不敢还手，只胆怯而小声地说："干吗打人呀？”

我回去报告工人挨揍的事，爸爸很感叹：“北京当地老百姓习惯了受气呀！说得好听北京是八百年古都，每次新的统治者来了，北京当地人就毕恭毕敬地伺候着。北洋军阀在这儿威风，一下子是段祺瑞的皖系军人当家，后来又换成曹锟、吴佩孚，再来就是张作霖入关；每次改朝换代，北京老百姓在东单什么地方列队摇着旗子欢迎，旗子上写着：北京大顺民。永远是外来的恶霸当主子。”

还有一次刘喋喋逼问小华买东西找回来的钱怎么没还给他，小华不回话，她父亲越问她越不吭声，刘喋喋火气上来，没头没脑地痛打女儿，他太太冲过去抱着小华，妻女都被揍得头上起包。小华还是不说话，他就继续揍。刘喋喋高声咆哮：“我问你话你就要回答，不然我就打死你！再问一次：钱到哪里去了？”小华擦着眼泪，委屈地说：“我也不知道钱到哪里去了。”“好，这就好！只要有你一句话就好，喋不喋？”然后就不打了，事件落幕。哥哥认为是刘喋喋打累了，找个说法下台阶。

哥哥也不太佩服小华的妈妈，觉得她没学问。有次大人在闲谈，我们听见刘太太说什么：“麻雀虽小，心肝都有”，什么话，连“五脏俱全”也不知道。

白天刘喋喋上班，小华上学，孔傻子伯伯常常过来同刘太太聊天，一聊就是大半天的，他们哪有那么多事情好说的？我们很好奇。有一天天气热，他们搬了张小桌子，两把椅子，坐在大桑树的树荫下乘凉，摇着扇子喝茶嗑瓜子。我们从窗口看见，哥哥忽然有所领悟，他说：“这两个一定是先在房间里办了好事，然后坐在树底下说个没完。”我问：“在屋子里办了什么好事？”老哥很轻蔑地斜着眼看我：“说了你也不懂！”怎么会不懂，你告诉我呀！哥哥六年级快毕业了，当然知道的比我多。“他们办完了事，”哥哥说，“一定有好多话要讲，谈他们的舒服经验之类的。”“什么经验哪？”不理我，突然他有个建议：“你现在就偷偷过去，轻轻地爬上大桑树，假装摘桑葚，听听他们在说什么。”

爬树的本事我可厉害了，一下子就能爬到很高的树枝上去，只有我们家的两只猫比我爬得更快。躬着身子蹑手蹑脚地上了树，树下的俩人真的没注意树上多了个人。距离太远，听不清楚。傻子伯伯的嗓音低沉，说东北话，大概是在讲他老家有多少顷田吧！刘太太说她的馒头没发好……还得凑近一点才听得真，就在树枝上挪动了一点，树叶子掉下来好几片，俩人不约而同地仰头望上看，我无处可躲。傻子伯伯看见我就感叹：“你看这兄弟俩呀！真叫龙生龙、凤生凤，耗子生的会捣洞哪！”没能完成偷听任务，哥哥骂我真的很笨。

母亲也觉察出来情况不太一般了。因为刘喋喋每天下班回来，他们夫妻二人吵得更加频繁，而且摔盘子砸碗的声震屋瓦，偶尔还听到一两句吵架内容。有一天傍晚，傻子伯伯在我们家晚餐，饭后爸爸和老同学抽烟，品茶，他说：

“傻子，我跟你说呀！我知道你老婆留在老家出不来，你又是一向身强体壮的，这日子真有点熬不下去。可是千万别闹大了，隔壁那位刘先生，性子可叫火暴哪！如果出了什么事情——”我们俩躲在窗户外竖起耳朵来听，大概是人影映在窗户纸上了，爸爸冲着我们这边大吼：“到南屋做功课去，小孩子不要在这儿偷听大人讲话。”

以后孔傻子伯伯很少来我们家了。多年后，我记起来傻子伯伯的中间名字是个“繁”字，就问父亲：“傻子伯伯是孔夫子的后代吗？”“当然，圣人族谱上查得到的。”

学期结束，整个暑假都闲在家里没事干，就经常到报馆的工友室去混，有位工友绰号“了然公”很能聊，听他讲话倒还蛮有意思的。了然公胖乎乎的，左眼戴着一只眼罩，从没见他摘下来过，他应该有一目了然的本事，叫他了然公的确很合适。这个名字是母亲取的，很稀罕，她也露了一手罕见的幽默感。了然公挺有学问的样子，好像什么都知道，经常发表意见，做个时事评论。端着一只大搪瓷茶杯，里面放了半缸子茶叶，他每天要看完报社里的每一份报纸。有次他说共军将领聂荣臻战败被国军俘虏了，华北战局就要改观。他很知道聂荣臻这个人，是位能征惯战的猛将，可惜被共产党给骗去，现在回来就好了。

我问爸爸谁是聂荣臻，他投降了吗？爸爸愣了一下子，摇头说：“从哪儿听来的这些？华北战局糟透了，国军全被困住挨打，小孩子知道什么，用不着操这个心。”

了然公经常支使我跑腿拿东西，又要我替他在记事簿子上写这个那个的，然后夸奖我的毛笔字写得不错。头一次听见有人说我的字好，真的吗？自己看着那字体还是东倒西歪的。他经常感叹自己的命运乖舛，生在动乱时代也是无可奈何，他说：

“要是换成太平年月，我最起码也得是个县长。现在虎落平阳，只好将就马虎一点，干个工友吧！”

我老觉得这县长与工友之间的差距未免太大了。

工友室的地方不大，墙角的煤球炉子上面，坐着一只大铜壶，供应开水。经常有人进进出出地来续开水，小张妈负责大铜壶的水不能少了。了然公坐在工友室里面，最常做的事就是朝着厨房吆喝："小张妈，壶里的开水快没啰！"快手快脚的小张妈一会儿就出现了，拎一拎铜壶，对了然公大声吼了一声："怎么快没了，还有大半壶呢！"了然公眉开眼笑（一只眼）地说："好一会儿没见着你的影了，在这儿想你呢！"

小张妈是北京近郊的三河县人，每天打扮得干干净净，手脚利落里里外外地张罗好多事情。上个冬天，我告诉小张妈，我有一双溜冰鞋，很想学溜冰，但是没人带我去北海溜冰场。她说学溜冰干吗要去北海公园呢？咱们在院子里泼点子水，天气冷一晚上结好了冰，上去溜着不就得了吗？她连着两三天在我们家前院泼剩水，果然那块地方有了块不算太小的一片相当平的冰地。我穿上溜冰鞋，战战兢兢地站上去，哪里站得稳，每次摔得屁股生疼，手肘和膝盖也擦破了皮。小张妈有时路过在一旁指点，说："你得溜哇！别老傻站在那儿，一溜开了就不会摔啦！"她还挺知道怎么溜冰的呢！说得真对，放胆往前溜，我慢慢地找到了平衡，后来总算能够在冰上略作滑行，不再摔跤了。

了然公同我下象棋，说我小小年级棋下得不错，常常出个怪招吓人一跳，但是经常忘了保护自己的老帅，我们互有胜负。每次下完棋他就大口喝着茶，谈论起女人来；泛论天下各地女人的特色：四川妞儿奔放、山东蓬莱大姑娘标致、苏州女孩的柔软……三河县的女人，可才叫好哇！接着他会感叹连连，下同样的结论：× 是一样的 ×，脸面上见高低。

工友室最常见的活动是打纸牌，牌九、扑克牌，花样很多。我在一边看着，不用多久我都会玩了。人凑不足的时候，了然公也叫我来玩它几把。但是他最喜欢小张妈来一块儿打牌，总是说：“小张妈不来玩儿，我就不玩儿。”小张妈坐下来玩牌，了然公的话可多了，一句跟一句的，特别逗乐，把小张妈逗得咯咯地笑个不停。又有一次，了然公在门帘子外面同小张妈说悄悄话，仿佛听见他说：“咱们要能找个地方睡午觉，那该多好。”“扯你娘的臊，谁跟你睡午觉。”

我偷偷同哥哥讲了他们说睡午觉的事，睡午觉会不会也办那个好事？他摆出一副专家的样子来，想了想：“嗯！说不定，我看他们多半儿会。”

一天中午天气特别热，我去宣内大街逛。街口的包子铺刚蒸好一大笼包子，小徒弟扯足了嗓门叫卖，声音刺耳。那包子我偷偷买来吃过，皮厚馅儿少。昌黎县卖钢针的乡下人又来了，蹲在那儿吆喝：“钢针，纯钢针，不会弯。”他的道具简单，一块木板放在前面，用只老虎钳子夹住一根针的针尾，针头戳入木头再往上掀，钢针便发出嗡嗡的声音来，每根针的声音都不一样，传到很远，不时就啪的一声清脆，针被他掰断了，他说：“你看，它只会断,不会弯。”很多人围过来,昌黎老乡上劲了,用着他那“老谈儿”口音叫卖，买针的妇女不少。

又过来一名乞丐，不会走路，坐在一块木板子上挪动，挪到一间店面门口，手里拿着两块大牛胯骨，上面串上许多小铃铛。他一面敲打牛胯骨，一面用苍老的声音念：“掌柜的发财我沾光，掌柜的吃面我喝汤！”说起来就是一大串的没完,赖在那儿不走。这生意还怎么做呢？掌柜的受不了，叫小伙计赶快给他几个钱打发他到别家去唱吧!

又热又无聊，沿着墙根走回报馆。靠总务处那头有一排树，走在树荫下凉快多了。看见小张妈从她住的那间小屋子出来，她刚睡完午觉，不停地揉搓着眼睛。隔了一会儿，了然公从小张妈的小屋子里探出头来，左右看了看，眼神不好根本没瞧见我，他出来掩上门。我觉得这真的有趣了，迎上去说："怎么样，脸面上见高低了吗？"了然公根本不理我，摆着张臭脸从我身边走过去。

1935年母亲结婚照，她在照片后写："我作新娘"。

我考第十八名·魏伯伯天天来

暑假前，四年级升五年级，二附小给大家作一次会考，考生成绩作为分班的参考，分数太差的会被退学，留下空额招收外校的好学生。我跟着大伙儿考了一个上午，也没注意考得怎么样。秋季开学，我分到五年级丙班的第六号。五年级一共三班，分到丙班的名次都是三的倍数，这表示我考到第十八名。不简单哪！从来没有这般的成绩优异过。母亲说："也没什么了不起，你念了两次四年级嘛！"听了这话就不开心，是你们要我重读四年级的。

四年丙班的几个好朋友，都分到别班去了，安排坐在我旁边的同学姓左，块头同我一样矮小。小左是我们班上的时事新闻中心，天下发生的任何事情他都是第一个知道。每天早上见到他的头一件事就是问他："今天有什么大事？"他说："司徒雷登昨天发表谈话——""谁是司徒雷登呀？"有位同学问。"哎呀！他就是美国驻华大使嘛，这个也不知道，每天就在那儿醉生梦死的。"

有一天他慢条斯理有头有尾地讲了一段"美军强奸北大女学生沈崇事件"，我们听得都傻了，随着义愤填膺起来。最后他做了评论：美国是戴着假面具的虚伪帝国主义者。讲得很有道理，这家伙真有两下子，从哪儿学来的这套本事？他告诉我，家父是某大报的编辑，家里头每天的谈话、报纸、杂志都是这些内容，想不知道这些事儿都不行。已经这么懂这一行了，你长大了会不会去办份报纸？才不干那个呢！昼夜颠倒地抢新闻赶稿子，我爹不到五十岁头发都白了一半，开始有点驼背。那么你要干哪一行呢？小左认为自己是个数学天才，要当理论数学家，目标是发明几条数学定律来，将来要是见到什么"左氏定律"的话，不用问你就知道那是谁琢磨出来的了。

他的数学真的很厉害，我们在那儿算鸡兔同笼，兔子腿、鸡脚、鸡头总是纠缠不清，小左很快就有了答案；你怎么一下就知道答案？他说先设定好有 x 头兔子，用代数方程式来算答案，轻松、利落、快！听不懂他说什么。后来他又偷偷告诉我，张恨水同他爹在同一间小办公室里上班，他们的交情最好了。张恨水的小说我们都争先恐后爱不释手地看，有:《啼笑因缘》《金粉世家》《夜深沉》《春明外史》……他爹跟大文学家平起平坐的，小左他们家真不简单。

五年级丙班的级任导师姓李，瘦高个子，国文和数学都是他教。上课时表情严肃，声音发自丹田，震得耳朵根子嗡嗡的。到现在还记得他有次在课堂上大声朗诵一篇课文："中华中华，可爱的中华，世界上没有一个国家比你更伟大！北自兴安岭，东起渤海湾，西到帕米尔高原……"

音调铿锵，气势磅礴，情绪激昂自然；诗歌朗诵就应该像李老师那样子，高声地读出来，情绪自然地随之起伏。后来我听过无数次的诗歌朗诵，多数是肉麻兮兮的，在那儿造情绪，叫人浑身起满了鸡皮疙瘩。

不过听得出来李老师有唐山口音，把"爱"字念作"耐"，"原"字读成"渊"，"华"念作"花"。上数学课讲"有余不足"那一章，李老师把"余"字说成"淤"。老是在注意别人的发音是否正确，多半是受了父亲推行"语正音"的影响。小左批评我没学问，古文里面"华、花"通用，本是一个意思，中华民国就是中花民国，这个“花”字现在应当作花钱很多的意思解。

李老师改考卷一丝不苟，头一次的数学考试卷子发回来，我只得了六十四分。其实大部分考题我都答对了，但是许多演算过程潦草，条理不清楚，看不出来是如何得到最后答案的，扣分很多。李老师说，得到正确的答案不是学数学的全部，解题目要有正确的分析，每个步骤都很重要，一步步地做对了，就可以避免犯错，不会乱猜答案了。当时不太懂李老师的意思，刚上他的课不久，还有点怕他，没敢多问，只在暗自发愁，这五年级的日子恐怕不大好过喽！

魏伯伯最近经常来家里同爸爸聊天，一聊就是好几个钟点。当然喽，我们也给他取了个绰号：马头伯伯。因为从侧面看，他的脑袋真的很像一头马。他们分别在北京大学和北京师范大学读国文系，同年毕业，虽然没同过学，但是教他们的老师几乎都是一样的。

老爸说起他大学时代的故事：民国初年的大学生少，能在北京上大学的就更稀罕了。他们就像《啼笑因缘》里面的大学生樊家树那么神气：冬天穿上时髦的深色狐毛里子长袍儿，围着白围巾，结伴去北海溜冰，猛地来个单腿跃起，做三百六十度的大转圈儿，落回到冰上还能伸出胳臂、打平一条腿地继续滑行，旁边的人看着大声叫好，帅着哪！魏伯伯说他是南方人，不会溜冰，也没想去学，岂止如此，来北京上大学的时候还从老家带了个年轻的听差，平时负责服侍他的生活，体育课就叫听差去上，体育考试成绩还不错呢！

我最喜欢站在一边听爸爸和魏伯伯谈古论今，他们总会说起两位都教过他们的国学大师：黄侃和钱玄同。黄大师字季刚，湖北人，是位著作甚丰的知名国学家。爸爸说上他的第一堂课，黄大师就开宗明义地说有三不讲：一、不讲科学，因为他不懂；二、不讲外国文学，因为他不谙外语；三、不讲民国八年以后的东西，因为民国八年以后的都不是东西！黄大师痛恨白话文，认为那是贩夫走卒难登大雅的庸俗语言，他提倡"文白话"。于是就全程用流利的文言文讲课，抑扬顿挫，精准又无瑕疵，能将古人的语言生动无瑕地来表情达意，非常了不起。季刚大师还曾写了一首调侃胡适之的白话诗送给胡，胡先生回赠他一首七言律诗。

钱玄同老师自号钱疑古，也是一肚子的国学，学术地位为当世之翘楚。然而他富怀疑精神，对传统古籍处处提出质疑，甚至于有个说法：古代尧、舜的记载缺乏实证，他们有可能是恐龙的别称！钱教授的思路新颖，天马行空无所顾忌，最受大学生的欢迎。后来魏伯伯与钱教授住得很近，结为忘年之交，疑古大师经常去魏家谈论天下事，留下来顺便蹭一顿饭。黄、钱二位，先后拜章太炎先生为师，同为太炎先生最器重的入室弟子。

爸爸说魏伯伯是一位认真的学者，钻研国学钻得功夫相当深，一肚子学问。他和爸爸的志趣相投，认为统一语言、扫除文盲之后，中国方才有未来，魏伯伯也投身语文教育，现在是教育部“国语统一委员会”的委员。他经常去台湾，在我们家畅谈位于亚热带的宝岛台湾。

有一次魏伯伯带着四根台湾香蕉来，我们听说过这种水果，可这是头一次见到它。一拿出来满屋子就充满香气，香蕉短短的，大概因为放了很久，每根香蕉的皮都呈漆黑色。爸爸频频感谢，说这么老远坐飞机给带过来，真是盛情难却呀！他一面说一面就剥开香蕉皮，大口地一根一根地吃起来了，还说：又香又甜，甜得真叫有味道哪！顷刻之间四根香蕉全被他吞下肚去。我们哥儿俩在旁边干瞪眼。

晚饭时一家三口群起抗议，生平头一次见到香蕉，却只远远地闻到了点香气，一口也没尝到，爸爸很过分耶！妈妈也加入谴责，她曾经吃过广东出产的香蕉，台湾香蕉那么有名，也不给大家尝尝呀！人家多细心地送来四根，就是算好了我们家有四口人哪！怎么一把年纪了还那么馋。爸爸哈哈大笑说：

“想吃台湾香蕉还不容易，你魏伯伯天天来说服我去台湾推行国语，等咱们搬到台湾住下来，香蕉在那儿满街都是，吃香蕉能把你们一个个给吃撑了。”真的，我们要去台湾了？

魏伯伯说，在北平办《国语小报》是个实验，想证明小学生先学会注音符号，再阅读旁边带有注音符号的文字，朗诵起来读音正确，能快速提升他们的语文程度。这个实验已经有了惊人的成绩，非常成功。目前最需要推行中国语文的地方，是曾被日本军国主义者统治过五十年的台湾。他去了台湾多次，魏伯伯和好几位语文专家，在台湾成立了国语推行委员会，决定在台北市发行一份报纸：《国语日报》，性质和这儿的《国语小报》一样，但它是份日报。《国语日报》的读者群，设定了是小学生、初中生和有志学中国语文的成年人。谁最适合去台湾开办这个《国语日报》呢？爸爸接过来说：

“办这个汉字旁边儿带注音符号的报纸，全世界就属我最内行了！”然后纵声哈哈地笑起来，魏伯伯也一起仰头大笑，两人同时面对面地张着大嘴。魏伯伯说：“所以这项任务也就非君莫属了矣！”

父亲很苦恼，北京是他青少年时期成长的地方，最眷恋不舍的文化古城，他在这儿接触到、学到他所有的知识，这儿有他生命中最重要的师长、挚友，目前他也是北京师范大学的兼任教授。他熟悉北京的一草一木，处处都记载着他过去的点点滴滴，抗战时不得已离别八年，离情才了，现在又要远去南方的台湾岛，千丝万缕实在难以抛下。

母亲对魏伯伯的建议万分热衷，她认为去台湾推行国语是爸爸绝好的事业转折点，在北平推行什么国语呢？这儿人人都口音标准，台湾正是你实现“语同音”的广阔战场，英雄用武之地，万不可临阵退缩！北方的气候恶劣，两个孩子一到这儿呼吸器官就不好，不断地生病，还因此休学大半个学期，重读了一次，耽误学业。再怎么说你也该为孩子们多着想一下呀！

父亲陷入天人交战，每天愁眉不展的，挣扎了好几个星期，有一天他对着全家大声郑重宣布：“立即结束《国语小报》，我这就带几个报社员工先去台湾，然后尽快安排你们到天津搭船，直航台湾基隆港。”

爸爸低下头又想了一会儿，说："去台湾也就待个三四年，最多五年吧！等那边上了轨道，报馆就交给可靠的人，咱们马上回北平。"

后记一

魏伯伯名魏建功，他是台湾第一任国语推行委员会主任委员。《国语日报》正在紧张地筹备发行，魏伯伯说他必须飞回北平一趟，几天就回来，北平随之易手，魏伯伯再也没有回台湾。多年来他是北京大学中文系的名教授，曾经担任北京大学代理校长，桃李满天下。

一九七一年秋天，我参加了"保钓访问团"，自美国去中国大陆访问，我要求接待单位安排会见亲友，提出好多名字来，都说时间太急促，不好安排，唯一见到的是魏伯伯。他亲自来北京饭店看我，让我觉得非常失礼。一开门就认出他来，老了许多的马头伯伯，比我记忆中瘦小得多。他头一件事就问《国语日报》怎么样了？我据实以告：《国语日报》在台北市的福州街盖了大楼，发展兴旺，几十年来《国语日报》是台湾小学生天天必读的报纸，孩子们个个靠着这份报纸学好语文。

当年在台湾一同致力于语文教育的诸位老伙伴呢？就我所知道的一一作答。他最关心的是老友弗青，还好吗？爸爸已严重中风十多年，昔年精于语言艺术、诙谐幽默、旁征博引、语惊四座的弗青兄，自此丧失了说话的能力。魏伯伯听了之后沉默良久，我们谈了整整一个下午。

后记二

二十世纪八十年代初期，我在美国华盛顿 DC 附近的某大学教书，接获好友张明明的电话："你的老同学小左，正在我家里坐着呢！"明明是张恨水先生的长女，也曾在北平的二附小读过，比我低两届，我们常聊起二附小的事儿。明明和小左他们两家子是世交。

三十多年之后的小左，在身高上还是没太大长进，模样却依稀能找到小时候的那个谱子。"小左，怎么样了呀？"他从二附小毕业保送北师大男附中，然后考上北京大学数学系。经过了一连串的政治运动，专业并没放下，现在是广州华南师范大学数学系教授，因为英文还过得去，就被派来美国进修一段时间。"左氏数学定律发明几条了呀？"一条都没有，正憋着劲赶几篇论文出来呢！写不出来真没法子交代。

老友重逢，一晚上可没少喝。后来我们一齐用李老师的唐山口音，朗诵《可爱的中华》：中花（华）中花（华），可耐（爱）的中花（华）……

小左回到广州之后，给我来了封信："三十多年后有机缘相会，实属难得，希望今后能多见几次，别再隔个三十多年了，因为咱们已不剩下几个三十多年。"

三十多年又过去了，我们还没有再次碰面。

5 远赴台湾

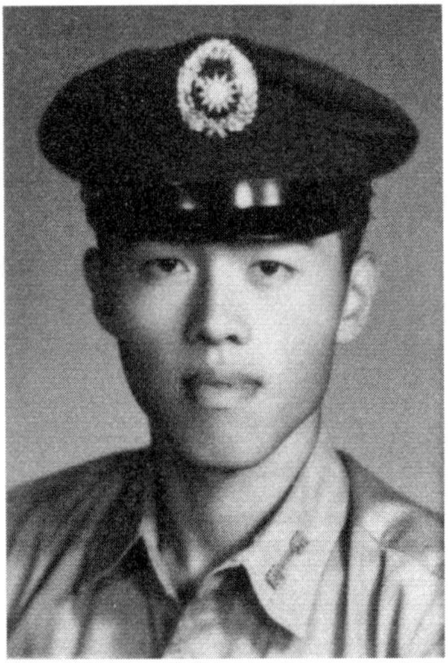

在台湾当预备军官

美信轮之旅

爸爸必须坐船去台湾，因为他负有重要任务：押送一整套有注音符号的“铅字铜模子”到基隆港。铜模子是制造印刷铅字之母，它是一个个铜制长方形的模具，往里面灌入熔化的铅，冷却之后就有了一只可供印刷的铅字了。常用汉字约四五千个，《国语日报》要用的铅字，必须每个字旁都有正确的注音，故此这套铜模子是特别定做的，全中国只做了两套，其中一套目前《国语小报》在使用。完整的一套铜模子有一两万只模子，因为报纸印刷要用大小不同的字体，所以爸爸要运去台湾的行李又多又重。不到一个礼拜，他去了天津，顺利登上了航往台湾的轮船。

母亲的行动更是积极，三两下子就处理好了家中不能带走的东西，包括她的水獭皮大衣，送给了隔壁刘喋喋的太太。它很值钱的耶！台湾是亚热带气候，根本穿不上水獭皮大衣。我最喜欢的一堆小人书（漫画、连环图画），其中有《丰子恺画册》《大盗杰西》《三毛流浪记》《老夫子》[①]等等，都让小张妈拿去烧火了。

过几天就要上路，妈妈硬要我们喝一种药水：专治瘌痢头的特效药。我们从杭州带来的“甘露”药水早已用完，哥哥头上的癣明显在好转，我的瘌痢头依旧如故，东一块西一撮的老是那副德行。妈妈告诉我们，新药水喝下去，头发会先掉光，然后用另一种药膏涂上，保证根治瘌痢头，然后头发又全部长出来。哥哥已经进入少年青春发动期，对自己的容貌十分在意，要他喝秃头

---

① 注：我们看的《老夫子》漫画，是二十世纪四十年代天津漫画家朋弟（本名冯棣）的原著；画中主角有老夫子、老白薯等。当时在北京、天津一带很受欢迎。哥哥和我还记得我们在大陆看到的最后一个故事：老夫子和老白薯被绑匪勒索，两人正讨论要拿假钞票去赎人质，下一幅画出来了一个凶悍的大人头，指着他们俩说：“如果不把真钱送去，你们两个人的性命一个也逃不了！”然后我们就去了台湾，后来老夫子、老白薯到底送去的是真钱还是假钱，半个多世纪已过去，咱哥儿俩还是不知道结果！天下只有我们这种硕果仅存的老顽童，还会记得多年前重要的芝麻绿豆琐事。

后来在香港也有人画老夫子漫画，极为畅销；画中的老夫子、老白薯（改名为大番薯）的造型和朋弟当年画的完全一样。

药水，那可是抵死不从的！我哪里敢不听母亲的话呢？乖乖地每天喝着，那药水的味道非常苦，哥哥说，一定是从梁大夫那儿弄来的什么毒药。

最后一次去二附小上学。我同小左说："最快我们三年之后又能见面了。"小左想了想，低声地跟我来了一段时事分析："我爸爸说，国军一直打败仗，现在战局紧张，战地补给大部分靠空投，而且看样子美国佬要放弃国民政府了，你们去台湾也躲不过的。""躲不过什么呀？"小左摇摇手，指了一下讲台上的李老师，要我注意听课。

念过好几个学校，我最喜欢二附小。老师们严厉但是不打手心，四年级的王老师夸奖过我的写作挺不错呢！认识了好几个哥们儿、好同学，现在坐在隔壁的这个小左又特别有学问，可是明天我就不再来这儿上学了！

坐在从北平去天津的这趟火车上，人挤人的，灰扑扑呛鼻子的煤烟一直吹过来，头上发痒，顺手去挠，头发就一撮撮地往下掉。这次去天津一点都不好玩，行李很多，时间又赶，下了火车快快地吃了点东西就奔向码头。原来以为可以到二姨家去玩，看看表哥这两年的小提琴拉得怎么样了。妈妈说没那个闲工夫，去台湾的船预计傍晚出发，得赶快上船安顿好，这趟船至少要坐上四五天呢!

天津码头挤满了人，我们要搭的船叫“美信轮”，在哪儿呢?希望它又大又新，总得比我们上次的那个执信轮要新要漂亮点才好。我朝着又高又大的轮船去找，哥哥指着一个方向说：“美信轮在那儿。”好失望噢！美信轮脏兮兮的，又矮又窄，挤在两艘大轮船的中间，显得那么不起眼。哥哥说：“小一点的轮船跑得快，我们可能只要两三天就到台湾了。”

还不能上去，在码头上等梁伯伯一家人到了之后一起登船。梁子美伯伯是爸爸北京师范大学国文系的学弟，就是写歌词说爸爸是个“大饭之桶”的那位，受聘为《国语日报》总编辑。一辆大头黑色轿车开上码头来，是梁伯伯哥哥的公务车，他亲自来送行。梁家有四口人，梁伯母和一女一儿，陆续下车来，两个小孩比我们小好几岁。

讲好了轮机长让出他的房间来给我们住，发现那房间已被别人霸占。又说你们七个人太多，住进去不合法，最多住六人。“我们有四个是小孩子，就算六个人吧！”“小孩也是人。”再怎么说，那个胖轮机长就是不答应，硬不准我们上船。梁伯伯是个慢性子，讲话温文，交涉了很久还是没结果。母亲着急了，她过去同梁伯伯说：

“不用再说了，我不去就刚好六个人，到了台湾你把我两个儿子交给他们父亲。”梁伯伯连说这怎么可以，你不上船又要去哪里？母亲说 :“等下我就往海里跳！” 可吓坏了我们哥儿俩，我已经哭了出来。

梁伯伯的哥哥还没离开，他跨着大步子走过来，低声地问了几句，然后把轮机长带到远处，同他私下谈了一会儿。开始时轮机长还比手画脚讲什么，后来就看见他一个劲儿地点头。问题解决了，顺利上船。当然要多花很多钱，问了好几次，妈妈就是不告诉我花了多少。

轮机长很胖，肚子挺出一大圈来，戴着顶大圆帽，帽檐儿朝后，额头上有一层油，闪闪发亮。他在轮船上跑上跑下地忙，要处理很多事，讲一口上海国语，只听懂一句:“急得我头上出油”，然后掏出一条毛巾来擦前额。

美信轮启航。这艘轮船确实走得快，天还没完全黑，我们已经出了海河口进入渤海湾。

风平浪静地航行了一天，梁家的小孩都很规矩，玩不到一起去。哥哥是二附小保送到北京师大附中的初一学生，上了几个星期的课，开心得很。他说上的那个英语直接教学课，特别有意思。

没课本，连英文字母都不教，老师从头到尾讲英语，开始一个字儿也听不动，后来就慢慢听懂了不少。大家头一句懂的是 Good morning，因为它听着像“姑爹摸你”；还有 Come here，同学说那是“看屁眼儿”。现在他被迫辍学，心情非常恶劣，不敢同他说话，免得自讨没趣。

在船上认识了另一个北平来的男孩，和我同年，跟着妈妈去高雄找他爸。我们二人发疯了似的在美信轮每个角落探头探脑，屡屡被船长、轮机长轰出去，只有在甲板上玩比较自由。这条船以运货为主，货柜放在下头的船舱里，没有几个供乘客住的房间。这次乘客多，就在很多拐弯抹角有空隙的地方，临时搭个床位。我们能住轮机长的卧室，算是个特殊待遇了。

快到上海，船长广播：必须要上一批货，预计在上海有半天的停留。梁伯伯说他必须得下船去上海市区会朋友，半天的时间就够了。梁伯母很担心，深怕要是赶不回来上不了船，他们怎么办？母亲也帮着劝说，可是梁伯伯说跟老朋友约好了，不见不散。轮机长来他房间拿东西，听见我们的争辩，提高嗓门在一旁说：“弗好（不好）下去格，上海已经蛮乱的了。”

我们挤在船边看，一名胳臂肌肉粗壮的水手握着根铁缆，等到船靠近了，他半转过身来，使劲丢下铁缆去，岸上有人接住，熟练地将铁缆结结实实地捆绑在一根短石头墩子上。码头上很拥挤，嘈嘈杂杂的人在推挤叫骂，穿军装的至少有一半以上。不少人争着要上我们的船来，船长马上叫着：把下船的梯子拉回来。一会儿来了一车警察，他们带着枪在船边站岗。梁伯伯默默地看了一会儿，没有再提要下船的事。

货上得很慢，而且轰隆轰隆地吵了一晚上。早上起来，一上甲板上就吓坏了，什么时候来了几十个军人，每人打开行李卷，铺在甲板上，留下几条窄小的空隙当过道。

船头有喧哗声，钻人缝挤到前面去，见到一身材高大的军官，左手叉着腰，右手指着岸边的人开骂。美信轮不算高，很清楚地看见岸边有另外一军官陪着位少妇，船上船下互相大声地喊。少妇歇斯底里地以上海话数说船上军官的不是，但是她说话速度太快，我的上海话程度有限，听不太明白。两名军官讲四川话，容易懂。少妇大概是在骂她的男人不告而别，想一个人溜去台湾，她留在上海该怎么办？船上的军官说去台湾不能够带女人，过一阵子就回来，你的生活由他来照顾——他指着岸上的军官。那军官说：“格老子的，你的女人凭什么要我管！”“我留给你龟儿子一笔钱了呀！”“你那点钱没个鸡巴用，到下个礼拜就只能买两只烧饼了。”“我日你先人的板板——”双方同声咒骂了许久，少妇的话都说尽了，她便以刺耳尖锐的嗓音重复地喊叫：“侬（你）姆阿（没有）良心！侬姆阿良心啊——”声泪俱下。

下午还不开船，江南地区午后的太阳真的蛮厉害，甲板给晒得滚烫。士兵们就撑起军毯来遮阳。船头又一阵骚动，大家在叫着：“加油，加油！”我们过去看热闹。有个小伙子双手双脚都攀在铁缆上，就是那根从船上抛下去绑在岸边石头墩子上的粗铁绳子。他正攀到铁缆的一半，没力气了，身体就悬在轮船与码头的中间，距离船头还有十几公尺，如果撑不住这小伙子就要掉进海里去。他大概真的很想搭美信轮去台湾，不让他上船他就出这个怪招。

小伙子吊在那儿喘气，岸边有两名警察冲过来，冲着小伙子大叫：“你快给我下来，我要开枪了！”其中一名警察真的掏出手枪来，做状要射击。船上的士兵此起彼落地呼叫：“不准开枪，他妈的老子的火力比你强得多。”真的有几个士兵举起步枪来，晃动着给警察看，结果没有人开枪。

那根铁缆绳只松松地将轮船与石墩子连起来，小伙子在松铁缆上攀爬很费劲，突然他鼓足了劲，两手两脚交换运用，猛地一口气爬上了船头，船上的士兵们给了他一阵英雄式的欢呼！小伙子累到虚脱，坐在地上掩面痛哭，用手擦眼泪，他双手沾满了铁缆上的机油，手上黑机油的底部渗出大片鲜血来，抹得脸上一片片的黑红交错。

母亲说外面太乱了，小孩子们都给我乖乖地待在房间里，谁也不许出去。把玩母亲随身带着的化妆小镜子，很久没照镜子了，突然见到镜中丑陋的我，真吓坏了自己。梁大夫的脱发药水好厉害，我的头发几乎完全掉光，只剩下周遭一圈细头发和头顶上疏疏落落的几根毛，而且秃的部分是完全精光，连头发根好像都看不大见，我是不是就这样永远地秃下去？哥哥幸灾乐祸，说你以后剃头的钱都可以省下来去看电影，将来去当和尚最合适。妈妈找了顶帽子，将我那颗贼亮贼亮的脑袋给扣上。

半夜里静悄悄的，美信轮离开了上海。出海才一会儿工夫，风浪变得大起来，数小时后，船颠簸得猛烈，左右摇晃还挺好玩的，它又会来个大幅度的上下蹿动，那更叫刺激。梁伯伯头一个招架不住，然后三个大人呕吐不止，大家都乖乖躺下，谁也睡不着，难受得哼哼唧唧的。

第二天早上风浪小了些，我偷偷地溜到外面去，大人都陷入半瘫痪状态，管不了小孩子了。好奇怪，昨天甲板上还躺了好多人，现在是空荡荡的，那些士兵都给冲到海里去了？我跑到底下的货舱去，里面挤满了人。上次船长把我们从货舱里轰出来，说那个地方不准闲人进去的。我猜兵大爷手里都有“家伙”，他们才不听船长的哩！

我捡到一只铝茶杯，在杯子的把手上绑了根细绳子，跑到船尾去捞海水，因为船尾最低，距离海水面没有几尺。还是必须要扒在栏杆上，双脚离地地去取海水。来了阵大浪，船尾掀动得很厉害，我的肚子贴在栏杆上，头和脚都是悬空的，在那儿上下晃动了好几下，手紧握住栏杆，幸好没有给翻下去。铝杯子捞上来的海水，味道又咸又苦又涩，比梁大夫的脱发药水还要难喝。那个被上海少妇骂他没良心的军官，在船尾角落安置了一个窝，正愁眉苦脸地靠在那里。我铝杯子里的水洒了点在他附近，他吼着：“死孩子！”我一溜烟地跑开。

在过道上遇见轮机长，他喃喃自语：“格批丘八老爷到处拆烂污、乌搞，急得我头上出油。”他问我你们还好吧！我说除了我以外，其他的都在屋子里躺着，吐酸水。轮机长笑了：“风浪会更加结棍（厉害），我们就快到合斯沟（黑水沟）了，伊达（那边）的海是合色（黑色）的，无风三尺浪。”

基隆港就在不远。我跑回房间叫大家："快点去甲板呀！他们说可以看见陆地了。”母亲再清点了一次捆绑好的行李，我拉着她的手去甲板上看台湾。船上的乘客都挤在那儿，顶着亚热带的骄阳，眯起眼睛来望向远方。

大海的尽头，出现了与海水不一样的短短地平线。大家指指点点地谈笑着，在蓝天白云的下面，地平线越来越清楚。我们兄弟俩一左一右拖着母亲站在最前头，海风迎面吹来。阳光晒在妈妈苍白却带有微笑的脸上，这一趟行程可把她累坏了，昨天晕船晕得好严重，现在精神才好了些。

美信轮缓缓地驶入基隆港，见到岸上有好几栋洋房，头一次看清楚高大的椰子树，光溜溜的树干，长长分开两边的叶子都长在树干的最高处。码头上站着好多来接船的人，他们的面孔还很模糊，妈妈说：

“你们的眼睛好，快看看爸爸来接我们了没有？”

距离太远，看不清楚谁是谁。突然找到在人群前面有一位身材略显矮胖的中年人，好像戴着副眼镜，我马上认定他是爸爸，我挥着手大声呼叫："爸爸！我们在这儿，我们在这儿！"

微弱的幼童嗓音，逆着海风，哪能传得过去？我脱下帽子，抓着它拼命挥动，大声地叫爸爸、爸爸。突然意识到自己的头发已经秃到一根都不剩下了，我朝着爸爸的方向喊："爸，你看，我的头发都秃光了！"

顿时感觉到十分沮丧，母亲轻轻拍着我的肩头，我转过头来说："妈，我秃得这么难看，见到爸爸多么不好呀！"

妈妈的眼睛里透着异常兴奋的神采，绽放出罕见的灿烂笑容，她很仔细地给我戴上帽子，把秃的部分全都严严实实地掩盖住了，然后说：

"傻孩子别担心，秃不秃头爸爸还是跟以前一样的疼你。到了台湾你的头发马上统统会给我长出来，长得又多又浓又密。以后我们在台湾会很好的，什么都会很好的。"

很清楚地看见爸爸就站在码头人群的最前面，眼镜被阳光照得一闪一闪的，他好像胖了点儿，顶上的稀疏头发随着海风飘动，笑容满面，为了要引起我们的注意，他不停地挥舞那支抗战时期就形影不离的竹手杖，上面刻有诗句：

"挥杖横扫五千军"。

6 附录

全家福

1950年在台湾

我的父子关系

那一年的大年三十晚上，和父亲一同从北平来台湾的几位学生，都是二十来岁的单身汉，聚在我们家的日式房子里，大家席榻榻米而坐包饺子。父亲当年五十出头，秃顶，体重超出标准很多，滚筒式的肚子很抢眼。每餐非肉不饱，数十年来一直认为天下最好吃的食物就是饺子。年三十晚上的这一顿，他一定要亲自监厨，饺子必得猪肉白菜馅的，由他亲手用一条新毛巾包上剁碎了的白菜，一回一回地拧出菜汁，碎菜碎肉搅和在一只大锅里，酱油和其他调味品一丝一滴地往里倒。搅不上五分钟就得用筷子蘸点儿馅儿尝尝，然后大声咂嘴，表示得意。他誓死反对在任何菜肴中放味精，二十分钟之后，再听见他咂了一声："这味道才算进去了。"

新剥的大蒜，像小肥猪似的堆满了一海碗，一盘盘的热饺子，很快就被壮汉、半大小子迅速地消灭掉。他的名言是："每回吃饺子都吃成个齐景公（齐颈），呵呵呵。"然后他在脖子上横着比了一下。

在那个年月他的食量与声量都甚宏。照例，吃完饺子得喝饺子汤，父亲颇不雅地大声喝了口极烫的饺子汤，说："啊好，原汤化原食嘛！可是吃完油条又该喝什么呢？呵呵呵。"

以前每个年三十晚上都是这么过的，吃完饺子就听父亲和他的学生们讲北平的故事和一些老笑话，挺热闹。

上了初中之后，我渐渐地对自己的老爸有几分不大佩服。首先是他的仪表：原本就不够修长，不忌口之余体态日益臃肿，更加上他不很注重穿着，未免不时地弄出些笑话来。

有次陪他坐公共汽车，从他那件过于肥大的西装里，竟缓缓地掉出一只铁丝衣架来！大热天吃饭，他总是在肩头搭上一条灰不溜秋的毛巾，不时地用来擦额头或腋下的汗，还念念有词："真古之翰林（汗淋）公也！"

最怕的还是同他上中华路摊店上买东西，这一路的讨价还价委实的没完没了，一块钱能争得面红耳赤，更使出浑身解数，套交情、讲义气。一旦听出对方说话的口音约莫是长江以北来的，他立刻能攀上个老乡，于是敬烟、泡茶，重新讨价还价起来。有这么位相当小气的爸爸，我的确很难引以为荣。可是他老带我上中华路，因为他偏心，专疼小儿子。

再年长了几岁，西化渐深，对老先生的批评更多了。父亲的英语颇为有限，洋歌洋曲子一概听不下去。他吃饭发出的音响效果很强，特别是喝汤的时候。人人都说他谈吐风趣，久而久之我早就听熟听腻了他的笑话。青少年时期的叛逆，有时候也不是礼教、权威甚至于亲情可以压得住的。于是我逐渐意见甚多起来，进一步演变成态度不逊。对着父亲当面抢白有之，嗤之以鼻也屡见不鲜。记得也曾有过镇压申诫的场面，但是都没有什么效果，最后是息事宁人，大家都少说话免得怄气。

在父亲患病前的那天晚上，一家人吃晚饭，一向食量甚好的他突然又吃不大下的样子，盛了碗汤很大声地喝着，汤水顺着他的嘴角流到桌上。我于是近乎粗暴地说："喝汤怎么喝成这副样子！连最基本的餐饮礼貌也没有！"

然后我发现父亲在流泪，当时不假思索，依旧很暴戾地说："哭什么嘛！这又有什么好哭的？"

那时候全家人早就听惯、见惯了我的粗暴不仁，谁也不答腔，只求安安稳稳地吃顿饭。父亲放下汤碗，用那条发灰的毛巾擦嘴擦桌子，一句话没说，嘴巴向一边歪着，一拐一瘸地上床睡觉去了。

当晚父亲送入了台大医院，情况严重的中风使他半身瘫痪，丧失了语言能力。出院之后，他像个婴儿似的牙牙学语，是否有成人的理解力大家始终存疑，因为他再也没有当年的表达能力了。有时候我陪他在巷口散步，要坚持运动才能维持正常行动。偶尔也和他说说话，希望他能恢复一点旧日的谈笑风生，但是通常讲几个单字之后，他就坐在藤椅上傻笑。

出国数年，母亲经常寄来照片和谈家常的信，父亲还是那个老样子，病情不好不坏，能吃能行动，讲话没大进步。照片也几乎是一成不变的：秃头老人、嘴巴半歪斜、坐在藤椅上傻呵呵地笑着。

父亲去世前后，我因为参与了要“开万世太平”的大业，被列入黑名单，不敢回台湾，没有见到他最后一面。事隔经年，一想起那天晚上我在餐桌上的暴言恶语，心中总会耿耿不能释怀，继之以无比又无助的愧疚！或许父亲当时根本就没有听见我说什么，或许他中风以后记忆力丧失泰半，完全不记得这回事了，更也许他在心中呵呵一笑，说了句：“这小子今天又撞上邪了！来这儿跟我犯浑哩！”

我老是这么希望：希望他确实就是这么想的，希望他就这么忘记了。但是这是个永远得不到证实的希望。

俱往矣！如今算一算我自己做父亲的经历也十分资深了。多年前一举得男，相当得意，儿子长得漂亮、聪明、能说会道的，带到外面逛市场，每每都招来一大群美国老太婆围观，赞叹之声如响焉。父子形影不离，情深得厉害。

儿子长得不像我；否则他也漂亮不起来了，但是他的举止脾气与我神似之极，一时在亲友间颇为传诵。但是好景不长，我的婚姻出了问题，协议离婚后，孩子归他母亲抚养。儿子那年才六岁，硬生生地父子分离，我几乎不能自持。然而当时还年轻，狂妄自大意气风发，多少天下兴亡的大事业等着我去做，大丈夫岂能被妇孺之私所牵绊？

我孜孜地忙着自己的大事业去也。每个月定期寄钱过去，差不多每周与儿子通电话，暑假时他来我这儿住一段时期。然而天下的兴亡自有其去处，与我没有什么相干，十数年下来，也没啥成就可言，半老之身堪可糊口而已。儿子上了大学，体健、无不良嗜好，就在我教书的那所大学就读，父子二人也就逐渐亲近起来。

我们经常谈起过去的事儿。儿子对我这个不称职的父亲指责颇多，有几项比较严重的罪状：

其一，滥交女友，使得儿子每年与我这个不称职的爸爸共叙天伦时，屡屡造成生活上的困难与心理上的不适应。有关这条罪状，我只能俯首认罪高呼开恩，所幸这个问题已不存在，我从良再结婚有年，生活稳定。

其二，吃生鱼片事件。儿子八岁那年，暑假兴冲冲地去我那儿小住，当时的女友俨然已有入幕之宾的姿态，她要辅导我儿子，倡言：小孩子应当极早开发智力，扩展经验，譬如吃生鱼片之类的。

当晚去了间日本餐馆，强迫儿子吃生鱼片，儿子抵死不从，又哭又闹，十分丢面子。结果演出了一场厕所训子，儿子勉强吃了半片生鱼片。

此事留给儿子极深的印象，打击很大。因为他认为父亲在陌生人面前竟然不维护自己儿子的权利和感情，真叫他觉得是个孤儿了！但是那时候的我，哪里有这个敏感度呢？

其三，儿子有次患肾组织破坏，住院数周，情况一度很危险。医生曾说过，必要时需要我输血，以备不虞。当时我大约又忙着些所谓济世救民的伟大事业，或是与某女士纠缠些私情闲怨的事，一再拖延探病的日程，儿子的病突然奇迹般地复原了，结果我也没去探病。

没有用心照顾他的病，是我心中的一大歉疚，委实不能提起的，再怎么说，这个做爸爸的实在是很差劲。儿子是个大人了，偶尔想起这些事，却最多是冲着我吼两句，让做爸爸的面子上挂不住而已。儿子说他会早结婚，找一位好女人，同她生三个小孩，用心地带孩子。

人活到这个份儿上竟然到了个新境界！好像做儿子和当父亲的任务都完成了，虽然平心而论，我在这两份成绩单上都是赤字过多，还是轻松不下来，做丈夫的任务兀自未了。自己的脾气多年来未能因吸收日月之精华，而有所提升或净化，妻的性格刚烈，总怀有一种莫名其妙的是非正义感。不时地家中会演出相当暴烈骇人的叫嚣，声闻户外，再闹急了，更有我敲墙跺地、自伤筋骨的愚蠢尴尬场面。妻是位急起来要一逞口舌之快的人，于是就屡屡战况壮烈起来。

事情紧急我们会打电话向儿子求救，这种父子易位的状况，很令人发噱。不怕丢人，反正他是自己的儿子嘛！老两口子争相先向儿子告状，各诉衷情。但是这些日子我发现儿子总是与妻站在一条阵线，他常常对我有训辞，曰：

“我的观察，她算是对你好的女人，和以前的那几个不同，你以前的那些女朋友，嗤！”“没有大事你们都少说一句，为了我少吵些可以吗？出了事怎么办，我还指望你继续付我的学费呢！”“知足点吧！你已经老了，她要是不管你，将来你怎么样，还想找另外一个？就凭你的运气，算了吧！”

儿子简直有倒戈的意味。

但是我们仍旧不时地会反唇相向。今天一大早又为了件屁事，双方的音量都大到震耳欲聋的程度，气氛丑陋。妻怒冲冲地顶着大太阳出门，何苦呢？

邮箱里有儿子寄来的一张卡片，今天又是父亲节了。儿子的卡片通常都挺幽默的，写上两句歪词，消遣消遣老头子。这张卡片有一只戴眼镜的狗，正捉摸不透，翻过来见到他挺工整地写了数行英文字：

“父亲节快乐，请你们和睦相处吧！因为人活到最后，你所拥有的也只是那几个关心你的人。”

嗨！一时百感交集，止不住地老泪纵横起来。

妻从外面回来，怒气消了大半，正在低头换鞋，她的额头沁出几颗汗珠子。我说：

“喂！我有没有同你讲过我爸爸过年包饺子的故事？”

在台湾阳明山郊游

朱大哥生我的气了

朱大哥和我聊天一向都是笑眯眯的，今天晚上他的表情严肃。他问："你回台湾是怎么申请的？""去纽约市台湾代表处呀！住在美国东北部不都去那儿办的吗？"

朱大哥正吃着一只软柿子，不去皮一口咬下去，满嘴的柿子肉，然后嘟着嘴慢慢吐皮出来，不得闲说话，我递过纸巾等着他擦好嘴巴。他接着问："这个我知道，你是台湾警情治单位黑名单上的人物，办签证没那么容易，他们叫你进去谈话了吗？"

朱大哥对这些事当然最清楚，我一五一十地同他说。一天接到三次台湾来的电话，母亲病重，再不回台湾恐怕会见不到她了。次日一早就到了纽约市的台湾代表处，填就表格，交上照片、费用、旅行证件，然后坐在那儿枯等。

很久之后一位英挺的年轻人过来，带我进了后面的办公室。办公室很宽敞，一张大办公桌后面的墙上，挂了幅巨大的蒋经国微笑玉照，桌旁矗立着一面青天白日旗。年轻人礼貌地问我申请回台的原因，老太太住哪家医院，病情很严重吗？他边做笔记，然后起立点头，请我稍候片刻，就进去了。又等了好一会儿，心中七上八下的，不孝子如我，万一母亲等不及我回去，那就是一辈子的愧疚！怪谁呢？自己做的决定，承担后果的人也就是我。一位中年官员拿着一份卷宗出来，年轻人随在身后，介绍这位是 ××× 少将处长，然后他退出去带上门。

处长声如洪钟，他说："我们对于这种人伦大事是很看重的，但是你的情况就比较特殊……"

情况特殊极了：在尼克松总统还没访问中国大陆之前，我就参加了"保钓零团"，自美国到香港，通过特别安排进入广州、北京等地，在大陆参观访问整整两个月。台湾报纸的头版头条写着：五留美学生投匪为文化特务，赴匪区受训……名字一一列出，罪名大了，吊销旅行证件，当然都上了情治单位的黑名单。这是我头一次申请入境台湾。

处长翻阅着那份卷宗，没问我什么，只不断地在说明立场与政策。你母亲住在荣总医院？那是一流的医院。最后他说，这次就以特别项目来处理，准我一次入境，可以停留两周。我忙着点头感谢，少将在我的旅行证件上盖印签字。

朱大哥听得仔细，手中还拿着半只柿子，他问："那个处长叫什么名字？""忘了，我有他的名片，没带来。""他讲话是什么口音？""讲苏北话吧！他的属下叫他少将。""噢！"他好像知道我在说谁了："你叫他少将，我当他是一根鸡巴毛。"

从何说起，朱大哥干吗对此人意见这么大？

我们兄弟长年在外居住，老哥有时还回台湾探望老人家，我因有案在身，二十多年根本不曾尽过孝道，母亲的晚年多由朱大哥在照顾。这段因缘说来真的非常奇特。父亲去世之后，妈妈觉得家里多出一间房子空着也是空着，她登报出租，朱大哥是她的房客。这个房东房客的关系居然出奇地和睦，也令我们兄弟颇为诧异，因为老母在生活上的要求甚多，超级"龟毛"，一般人多数吃不消。朱大哥有耐心、爱心，擅长与老年人相处。亲友都说：朱大哥既尊重又关怀我们老母，照顾得无微不至，孝顺儿子恐怕都及不上他。

有道是：父母在不远游。那个时代的情况特殊，大学毕业生在台湾连个工作都找不到，纷纷出去，长年在外瞎忙着讨生活，面对“孝亲”二字，简直惶恐到抬不起头来。当然是老母前世修来的福报，在她的晚年生活中，出现了一位他方孝子。于今我们也在暗中庆幸、感恩。

好不容易突破了黑名单障碍，离开台湾后二十多年方得回来。和朱大哥相处了许多天，因为时差严重，每晚同他谈到深夜，觉得此人是位经历不凡、知识广博、背景特殊、肚子里有故事的人。

十五岁家里就给他讨了两房媳妇，日子过得挺美的。共产党快来了，身为大地主之子，家里安排他离开苏北老家，带着足够的盘缠往南走，先躲一阵子，想等共产党离开局面安定了再回家。没有料到这一走就是几十年，再也没回去过。

朱大哥一路跟着人潮到达香港边境，走投无路，情势紧急就在那时加入了组织。我问加入的是什么组织，他没答腔。有任务在身，他们就得到掩护，可以随时出入香港。去内地干什么？替国家做事情呀！打探情报、处理叛徒……忙得很，年纪轻身体棒也不怕累。朱大哥的第一次杀人经验发生在新界边防地带，他们要趁着深夜返回新界，运气不好撞上了巡逻的英国军官，英国佬用手电筒照在一个兄弟的脸上，正待束手就擒的当儿，朱大哥蹑手蹑脚地摸到英国军官的身后，用麻绳套住英国军官的脖子，死命紧紧勒住，背对背地背着那人往灌木丛中跑。

“哎呀，那时候年纪轻没有经验哪！套他的麻绳太粗，费了好多工夫才解决掉。往后我们就只捡细麻绳来用。”

出任务的事讲不完，听得我兴趣大极了，也对朱大哥肃然起敬，这是位出生入死，经历过大小阵仗的汉子。

后来香港的局势有变化，不能继续留在那里，组织就接他们到台湾来。后来都在哪儿服务？还不是听从安排做点事情嘛！年纪也有一把了，能做什么就做点什么。现在没事就研究做几道小菜，扬州菜绝对是世界上最好吃的东西，但是做得入味不容易，你看最普通的扬州炒饭，台北市有哪家餐馆及格的？都不地道，今天中午吃了我做的扬州炒饭是不是，味道就是不一样！窍门在火候的掌握上面。

这些年老母的口福不浅，朱大哥每日做精致的扬州菜给她吃哩！老母喜欢打个小麻将，牌搭子不好找，因为老一辈的打十三张麻将，他们比赛做大牌，和下来算番算和算得轰轰烈烈；平和、断腰、姊妹花、双龙抱柱，打牌的速度缓慢。最重要的是要吃一顿好的，朱大哥负责给老太太安排牌搭子，又出门去买新鲜鱼虾肉，做出一席扬州菜来，供老牌搭子们享用。

朱大哥同我们聊起当年在家里当大少爷的风光事儿，言语间时常流露出他对老家，对他母亲的强烈怀念之情。他父亲只管居家纳福，大小主意都是他母亲来拿，为儿子讨来两个媳妇，一个能干一个貌美，可惜还没来得及生个一男半女的，他就仓皇南下了。这些年自己的工作性质太敏感，他从来不与大陆亲人联系，怕连累他们。

从他的叙述中感觉到，他母亲与我们老母甚有相似之处：生活纪律化、是非分明、不善于表达感情、对儿子的要求高，儿子若令她失望，不会当面责骂，却在暗中垂泪。或许是朱大哥对我们老母产生了“恋母移情”作用，所以能真心奉侍，日日承欢膝下起来？即便如此又有何不妥？老母晚年过的日子算挺滋润的。

母亲去过美国，曾经分别和我们兄弟住过一段时期。住在我那儿的时候，生活寂寞单调，我一早出门上班，回家来最早也是傍晚时分了。整日老太太一个人在家，周末有时找朋友来陪老母打麻将，但是我那批朋友的麻将水平一律很抱歉，高低手对招，高手会玩得痛苦，吃的那一顿就更不能提了。后来她坚决不肯住美国。

我老哥不在黑名单内，回台湾的次数多，他对朱大哥比较了解。好几次他颇为肯定地认为，最初朱大哥成为母亲的房客并非偶然，他是负有任务来的。“什么任务？”“是冲着你来的呀！你那时候不是共党的文化特务吗？”

开玩笑，像我这样的人最不适合做特务：长相特殊人家见过一次就会记得，胸无城府，肚子有点话就全盘说出来，体格普通，胆子不大，冒险犯难的事不敢碰。保钓运动的保皇党讨厌我，嫌我说话太损，随手给我扣上了文化特务的帽子。我没那么重要，这些人竟然把我当真，派人去老母那儿卧底？

“你真的没有个屁重要，但是那个年月国共隔阂太久，”老哥分析，“谁也不清楚对方在做什么，你们是第一批从美国潜赴大陆的台湾留学生，在大陆待了两个月，见过什么人，谈了什么事，留给别人的揣测空间太大。我要是台湾特务头子，也会派人来个专案处理。你又是个不孝顺的儿子，根本不常给妈写信，每封航空邮件都是潦潦草草的没有几句话，报告的事是跟谁离婚了，又和谁结婚了，换了新工作，老母根本不晓得你搞些什么名堂。”

“我看朱大哥的这项任务，并没有完成得很好。”我下了这么个结论。

后来大伙亲如家人，朱大哥对他负有的任务也不隐瞒，反正他总要替政府做点事情嘛！朱大哥对我在美国的种种，却知道得很清楚。他告诉过我一些连我自己都不知道的事。

有次晚餐毕，大家喝起小酒来，朱大哥说："你在美国读书的时候是不是认识一个姓洪的同学？"

"有哇！小洪读机械系，比我晚一年，他经常和女朋友来我家打麻将混饭。我们还有个篮球队，天天玩在一起，熟得很。"

"那个人真叫要不得，他同你那么要好还拼命写报告讲你的坏话。"

"真的是小洪吗？不会吧！"

"怎么不是他，他打过来的报告摞起来有这么厚，我统统看过，多数就在讲你，没有一句好话。"朱大哥用手在膝盖处比了一比。不承想小洪居然给我来这一套！

三十年一转眼就了无痕迹地过去了，长一辈的亲人一一往生。

老哥发来一封 E-mail，说最近整理书房，找到一封老母托他带给我的信，因为他那阵子业务太忙，竟然把这事给忘记，现在找到了就以计算机扫描建文件，一同发过来。他还有坏消息，朱大哥最近因病去世。

朱大哥的年纪也不比我们大很多，身体看来挺健壮的，怎么突然就走了。开始责怪自己这些年来总是慌慌乱乱的不知道在忙什么，与众亲友一律疏于联络，尤其是朱大哥，他在母亲最后的那段日子里替我们尽了无微不至的孝道，欠下的这恩情永远无法偿还。后来这些年，我又没有经常与他联络，做人怎么可以如此冷漠寡情。

母亲托老哥带给我的信是她去世前两年写的，密密麻麻写了两页，字体一如过往，流畅刚劲有豪气，文字一气呵成。除了照例关心我的事业与婚姻生活之外，最重要的讯息是说：她有特殊管道可以为我办妥回台湾探亲，但是要绝对保密！不要直接在信上讲这事，下次哥哥回来当面详谈。母亲在“绝对保密”四个字旁边还密密地画上许多圈圈。

老母写这封信时，身体还很健康，她一直都盼望我能早日回台湾相聚。我再三读那封迟到三十年的信，突然明白是怎么一回事了。母亲所说的特殊管道就是朱大哥，朱大哥负责这项任务十多年，他已完全清楚，我这个“文化特务”没做什么屁事，后来就去拍自己的电影了。目睹母亲如此念子心切，他愿意运用关系促成我回台探亲，同时也可以了结本案，上报业绩。可是阴差阳错，老哥竟然没有将这封信带到。

母亲病重我急着去纽约代表处申请签证，根本想不到应当通过朱大哥来办这件事，也因为那时候我还没见过他呢！结果那个少将接办了我的案子，业绩就让人家白白捡去。搞成这样的结果非常对不起朱大哥，怪不得那次朱大哥真的很生我的气。

有一年我们一起去阳明山扫墓，山路崎岖朱大哥爬坡就会发喘。每次他总要带上许多冥钱在墓前烧着，这回他又在大把地烧起来，我说："少烧一点吧！造成空气污染多不好。"

"不行的，一定要多烧，"朱大哥说，"母亲在那边一定经常打麻将，又死爱做牌，要是几圈不开和她心情就不好，手气变得更坏。你看我带来好多钱，这边还有美金，多烧点美金，就是输了也不怕。来，烧美金烧美金。"

一下子浓烟弥漫起来，墓碑在烟雾后面变得朦胧了。墓碑上刻有我们的名字，在墓碑右边中下方部位，刻的是：义子朱××。

图书在版编目 (CIP) 数据

十年颠沛一顽童 / (美) 王正方著 . — 北京 : 北京十月文艺出版社，2018.11
ISBN 978-7-5302-1853-2

Ⅰ . ①十… Ⅱ . ①王… Ⅲ . ①散文—美国—现代 Ⅳ . ① I712.45

中国版本图书馆 CIP 数据核字 (2018) 第 166388 号

十年颠沛一顽童
SHINIAN DIANPEI YIWANTONG
[美] 王正方 著

出 版 北京出版集团公司
北京十月文艺出版社
地 址 北京北三环中路 6 号
邮 编 100120
网 址 www.bph.com.cn
发 行 新经典发行有限公司
电话 (010) 68423599
经 销 新华书店
印 刷 三河市宏图印务有限公司
版 次 2018 年 11 月第 1 版
2018 年 11 月第 1 次印刷
开 本 880 毫米 ×1230 毫米 1/32
印 张 9.5
字 数 130 千字
书 号 ISBN 978-7-5302-1853-2
定 价 45.00 元
质量监督电话 010-58572393
如有印装质量问题，由本社负责调换。